U0857240

TWO TRUTHS AND A LIE

谎言游戏3
真相不止一个

[美] 萨拉·谢泼德（Sara Shepard）著　刘勇军 译

CNS PUBLISHING & MEDIA 湖南文艺出版社 HUNAN LITERATURE AND ART PUBLISHING HOUSE 博集天卷 CS-BOOKY

半个谎言也是谎言。

——**犹太谚语**

目录

contents

楔子

Two Truths and a Lie

谎言游戏3真相不止一个

不速之客

如果有人从我的窗户往里窥探，他们肯定会以为我们只是在开普通的睡衣派对[①]。奥利耶高中谎言游戏俱乐部的六个漂亮女孩玩儿得十分欢快，她们吃着爆米花，修指甲，互相帮着化妆，一起分享有意思的小道消息，计划下一个谎言游戏的恶作剧。我的iPhone（苹果手机）里面还存着几十张上一次狂欢会的照片，上面有我的一帮好朋友：麦德琳举着一张留着刘海的模特儿的照片，问大伙儿模特儿的脸是否能衬托她的瓜子脸；我的另外一个闺密夏洛特正往脸上打她从丝芙兰新买的腮红；我的其中一个妹妹罗伦正对着《美国周刊》上的一群二流演员得意地笑着。手机里面还有很多我自己的照

① 睡衣派对（slumber party），指一帮年轻的朋友穿着睡衣通宵畅谈的聚会。

片，光彩照人的萨顿·梅塞自然是当仁不让的宠儿。

但是在这样一个特殊的夜晚，事情已经不同于以往……六个女孩中的五个甚至都不知道。我的闺密们将那个正跟她们一起欢笑的女孩当成了我……其实那并不是我，因为我已经死了。我的闺密们正在跟我那个失散多年的孪生妹妹艾玛聊天，她已经取代了我的位置。

我是一个月前死的，现在变成了孤魂野鬼，眼睁睁地看着我的生活继续，主角却是艾玛。她去哪儿我就去哪儿，就像我们仍然共用一个子宫一样。这种感觉很奇怪，对吧？我自己也没有想到死后的生活会是这样。

那天晚上，我看着自己的孪生妹妹坐在一群朋友中间。她将腿蜷缩在那张白色的长绒沙发下，跟我平日里的习惯一模一样。她那浓密的睫毛上涂的是我最喜欢的魅可银色眼影。甚至她笑起来的样子也像极了我，笑得很大声，不怎么连贯，带着些许挖苦的意味。在过去的一个月里，她将我的一些习惯模仿得惟妙惟肖，现在听到我的名字，她也能很快反应过来，她还会穿我的衣服。她做这一切就是要假扮我，直到把杀害我的凶手找出来。

可惜我甚至不记得是谁害死我的了。有关我生活的记忆都被抹去了。现在，我只能猜测自己的身份，猜测自己做过什么。我也不知道自己惹恼了谁，以致他们要置我于死地，还把我妹妹骗来冒充我。偶尔我脑海中会突然闪现一段清晰的场景，完整的一幕会非常清楚地呈现出来，但记忆的前后过程却是完全空白。就好比从一部九十分钟的电影里随意抓取几个片段，而你则试图通过这些片段了解整个情节。如果我要解开我的死亡之谜，我就必须寄希望于艾玛……希望她能帮我抓到凶手，而且不能让她落入凶手的手里。

我跟艾玛已经调查清楚了一些事情：我遇害那晚，我所有的朋友，包括罗伦都有不在场证据，这意味着她们都洗脱了嫌疑。但还有很多人值得怀疑。现在，我们两个不约而同地想到了一个人：麦德琳那个逃得不知影踪的哥哥塞尔·维加，他是去年春天离开小镇的。这段时间，他的名字不断在我脑海里闪现，有传言说我和他曾经有过暧昧的关系。当然，我已经完全不记得塞尔了，但我知道我们两个肯定有事儿。可到底是什么事儿呢？

我最好的朋友在那儿咯咯地笑着，兴致勃勃地聊着八卦，最后终于消停了。凌晨两点四十六分，屋里弥漫着淡淡的光，所有人都发出均匀的鼻息，沉沉地睡了。我死之前发出了几百条短信的iPhone突然响了，艾玛猛地睁开眼睛，好像她正等着这条信息似的。她看了看手机屏幕，皱了皱眉，蹑手蹑脚地走出房间，穿过庭院。是伊森·兰德里，他是除凶手以外唯一知道艾玛真实身份的人。月光洒在车道上，他站在一旁等待，我看着他们说话，互相拥抱，将初吻献给对方。尽管我已经没有了躯体、没有了心脏，但我仍然感觉很痛。我，再也不能亲吻别人了。

就在这时，脚步声突然在附近响起。艾玛和伊森吓得跑开了。我跟在艾玛后面，飞快跑进屋里。就在她砰地关上门之前，我回头看了一眼，发现伊森飞快地跑进夜色之中。然后，一个人影突然穿过前廊。艾玛急促、紧张的呼吸声在我耳边响起，我看得出来，她吓坏了。我又是一个趔趄，跟着她朝楼梯跑去，她想检查一下，确保我的卧室窗户上了锁。

我们终于到了楼梯平台，同时瞥了一眼我以前的卧室。不出所料，窗户开了！前面站着一个很面熟的男生。看清楚来人后，我妹妹吓得面如白纸。我发出一声尖叫，但没有任何声音。

是塞尔·维加。他得意地笑着，看着艾玛，像是在说他知道她所有的秘密，包括她真实的身份。我立刻意识到不论以前他对我来说意味着什么，他跟我的关系都既不寻常，又很危险。

但是不论我多么努力地回想，我都想不起究竟是什么危险。

Two Truths and a Lie

谎言游戏3真相不止一个

Two Truths and a Lie

谎言游戏3真相不止一个

熟悉的陌生人

“塞尔。”艾玛·帕克斯顿脱口而出，怔怔地盯着面前的男生。他一头乱糟糟的头发在萨顿漆黑的卧室中更显得黑。他嘴唇饱满，颧骨突出，眼窝深陷，一双淡褐色的眼睛眯缝着，似有不祥的预兆。

“嘿，萨顿。”塞尔冲艾玛喊着萨顿的名字。

一丝紧张感掠过艾玛的脊背。她曾在寻人启事上见过这张脸，认得这是塞尔·维加，他是在六月份从亚利桑那州图森市消失的。可那时候艾玛还没有不远千里来到图森市，跟她失散多年的双胞胎姐姐萨顿重聚。后来，艾玛收到一张字条，上面写着萨顿已死，她必须取代姐姐的位置，而且让她不要跟任何人说，否则她也得死。这件事情发生的时候，塞尔已经失踪很久了。

即便如此，艾玛还是想方设法弄清楚了萨顿的一些事情，知道她有哪些朋友，有哪些敌人，了解了她的穿衣品味、爱好，也知道了她在跟谁约会。她来图森市只是为了寻找自己的家人——那个被人收养的姐姐。她渴望有个真正的家。但现在，为了破解姐姐被杀的谜团，她陷入了困境。虽然洗脱了萨顿那些闺密和她妹妹罗伦的嫌疑让艾玛长吁了一口气，但萨顿还有不少敌人……许多人都有可能是害死她的凶手。

塞尔便是其中之一。和萨顿生命中的许多人一样，艾玛对他的了解仅限于Facebook（脸谱网）上的帖子、外人的一些流言蜚语，以及塞尔失踪后他的家人建立的名为“帮我们找到塞尔”的网站。而且，此人还是个危险分子——所有人都知道他和某些麻烦事儿有关，而且他脾气暴躁，甚至有传言说他的失踪跟萨顿有关。

盯着房间里那个眼里闪着怒火的男孩，我想，也许塞尔真的跟我有千丝万缕的联系。一段记忆突然在我脑海中闪现。我看到自己站在塞尔的卧室里，两人对视着，眼底流露出一丝苦涩。“你想做什么都行。”我生气地说，转身往门边走去。塞尔看上去有些受伤，接着，他的眼睛里冒出怒火。“好啊，”他不甘示弱地说，“我有什么不敢的。”我不知道我们当时为什么吵架，但看得出来，我把他惹怒了。

“你怎么回事儿？”塞尔问道，双臂抱在胸前，身为足球队员的他胸肌健硕。他端出一副自负的表情，跟寻人启事上的并无二致。“还怕我不成？”

艾玛用力咽了咽唾液。“我……我为什么要怕你？”她竭力以强硬的口吻回答。当年，被生母贝基抛弃后，她就用这种语调对付揩她油的养兄、变态的养母，以及那些在她家周围阴魂不散的恐怖家伙，但她的这种态度全是装出来的。现在是星期日凌晨三点左右。萨顿的那些朋友在楼下参加完返校节后的狂欢晚会，正在酣睡。房间里静得可怕。艾玛不禁想起了她到亚利桑那州的第一个早上在罗伦的车里收到的字条：萨顿死了。别告诉别人。接着装下去……要不然下一个就轮到你。她又想起了一周后在夏洛特家那双强壮而恐怖的手，那人用萨顿的项链勒住她的脖子，再次威胁她，让她不要多嘴。她还想起了她差点儿被吊灯砸中后在高中礼堂里看到的那个黑影。要是这一切都是塞尔做的怎么办？

塞尔得意地笑了笑，好像他能读懂她的心思似的。“我想你肯定不是无缘无故地怕我。”说完，他往后靠了靠，盯着艾玛，像是能把她看透——像是艾玛假装她死去的姐姐正是由他安排的。

艾玛环顾四周，想看看自己有多大的把握逃走，但她还没来得及挪动半步，塞尔就一把抓住了她的胳膊。艾玛本能地尖叫了一声，塞尔用一只手捂住她的嘴。“你疯了吗？”他大声吼道。

“嗯！”艾玛呜咽道。嘴被塞尔的手捂着，她拼命想喘气。塞尔贴身站在艾玛旁边，她能闻到他嘴里肉桂口香糖的味道，就连分布在他鼻梁上的细小雀斑也能看得分明。她的胸腔里涌起一阵恐慌。艾玛用力咬住他的手，尝到一股夹杂着泥土味道的咸甜味。

塞尔松开艾玛，骂骂咧咧地往后退去。她转身就跑。塞尔的手碰到萨顿书架上一个海绿色的花瓶，花瓶旋转着掉到地上，碎片撒了一地。

大厅里突然闪过一道光。“谁？”一个声音喊道。不一会儿，脚步声响起，萨顿的父母冲进了房间。

他们走到艾玛身边。梅塞夫人的头发有些凌乱，长袍下穿着一件蓬松的黄色男式睡衣。梅塞先生的白色背心胡乱地扎在蓝色的法兰绒睡裤里，有些花白的短发根根竖起。

看到那个不速之客后，他们瞪大了眼睛。梅塞先生站到了艾玛和塞尔中间。梅塞夫人则搂着艾玛的肩膀，将她拉到近前。被萨顿的养母揽在怀里，艾玛心生感激，摸了摸刚被塞尔用力抓出来的五个指印。

看着父母在塞尔面前这样护着艾玛，我百感交集……他们如此担心艾玛，只是因为她刚才的尖叫，还是因为他们以前跟塞尔发生过口角，知道他不是那么好惹的呢？

“你！”梅塞先生向塞尔大声吼道，“你好大胆子！你是怎么进来的？”

塞尔只是盯着他，脸上露出一丝得意的笑。梅塞先生的鼻孔都要喷火了。他的方下巴绷得紧紧的，颇有威胁的意味，蓝色的眼睛里充满怒火，太阳穴上青筋暴露，甚至能看到血管在跳动。有那么一瞬间，艾玛在想梅塞先生会不会觉得是萨顿邀请塞尔进入她的房间的，他生气是否是因为女儿在凌晨三点让男生进入自己的闺房，但她很快注意到了梅塞先生和塞尔之间剑拔弩张的气氛，他们好像正准备大打出手。看来两人的怨恨由来已久，跟萨顿压根儿没关系。

楼梯间响起更多的脚步声。萨顿的妹妹罗伦和她最好的朋友麦德琳闻声从举行狂欢晚会的小房间出来，站到门口。“发生什么事儿了？”罗伦揉着眼睛嘟囔道。看到塞尔后，她那双浅色的眼睛瞪得溜圆，用颤抖的手捂住嘴。

麦德琳穿着一件黑色的背心，即使在午夜，她还是将那头浓黑的头发梳成了整齐的发髻。她很快挤到罗伦和梅塞夫人中间，看到眼前的一幕后惊讶得张大了嘴巴。她伸手扶住罗伦的胳膊，好像她会吓得跌倒在地似的。

“塞尔！”麦德琳尖叫道，她脸上的表情既愤怒又困惑，同时还有些许解脱，“你在这儿干什么？你去哪儿了？你没事儿吧？”

塞尔攥紧拳头，手臂上青筋暴起。他扫视着罗伦、麦德琳、艾玛和梅塞夫妇，此刻，他就像一头受伤的野兽，正待逃离攻击者。沉默片刻后，他转过身，往相反的方向箭步走过萨顿的房间，翻身爬上窗户，从萨顿房间外面那棵用来逃跑的橡树上爬了下去。艾玛、罗伦、麦德琳跟着跑向窗户，看着塞尔仓皇逃进夜色之中。他步履蹒跚地穿过草坪，明显看得出他的右脚有些跛。

“你给我回来！”梅塞先生大声喊道，飞快地跑出萨顿的卧室，咚咚咚地下了楼。惊魂未定的艾玛紧紧跟在他后面，梅塞夫人、罗伦和麦德琳紧随其后。夏洛特和推特姐妹也跌跌撞撞地从小屋里出来了，看上去还是睡眼蒙眬，一脸迷惑的样子。

所有人都聚集在敞开的门口。梅塞先生跑到院子中间，对着两个消失在远处的车尾灯挥舞拳头。“我会报警的！”他喊道，“给我回来。可恶！”

没有回应。拐角处，轮胎发出尖锐的声音。塞尔就这样走了。

麦德琳转身怒视着艾玛，眼泪在她蓝色的眼睛里打转儿，脏兮兮的脸涨得通红：“是你叫他来这儿的吗？”

艾玛喘息着说：“什么？当然不是啦！”

麦德琳还是冲出了房门，几声哔哔声随即传来，麦德琳那辆SUV点亮了黑色的夜空。

罗伦生气地瞪了艾玛一眼：“瞧你做的好事儿！”

“我什么都没做。”艾玛抗议道。

罗伦看着其他女生，希望得到她们的支持。夏洛特只是清了清嗓子。推特姐妹则在忙活她们的iPhone，肯定是迫不及待地想把这件事情在各大社交网站上公布。罗伦目光冰冷，眼底闪过一丝令人难以置信的神色。艾玛早猜出了八分。在塞尔失踪之前，罗伦跟他是最好的朋友，而且罗伦一直暗恋着他。但塞尔根本没把罗伦当回事儿，反而去了萨顿的房间。根据艾玛到图森市这几个星期的观察，塞尔失踪前，他和萨顿有不小的瓜葛。

“你什么都没做？”罗伦扭过头来，面对艾玛，“之前就是你害的他，现在又想玩儿这招儿。”

梅塞夫人摸了摸自己的脸。“罗伦，求你了，现在不提这事儿行吗？”她说着朝艾玛走去，紧紧抓着之前下楼时没有系上的粉红色绒布睡袍上的腰带。

“萨顿，你没事儿吧？”

罗伦翻了翻白眼儿：“你看她，她能有什么事儿。”

最后，那条大丹狗德雷克小跑着下了楼，用那只湿漉漉的鼻子蹭了蹭梅塞夫人的手。“你算哪门子看门狗！”梅塞夫人嘟囔道。接着，她转身走向艾玛、罗伦和三个仍然留在门厅里的女孩。“我觉得你们应该回家了。”她满脸疲倦地说。

夏洛特和推特姐妹什么话也没说，很快回到那间小屋，可能是收拾东西去了。艾玛感到头昏脑涨，没有跟着她们去小房间，她迈着沉重的步子往楼上走去。她只想一个人待在萨顿的卧室里，理清思绪。那个房间看上去就跟她之前离开时一样：过期的《时尚》杂志整齐地叠放在萨顿的书架上，梳妆台上放着缠绕在一起的项链，课堂笔记本堆放在她那张白色的橡木桌上，电脑屏幕上循环播放着麦德琳、夏洛特、罗伦和萨顿手挽着手的照片——可能在庆祝谎言游戏恶作剧大功告成。房间里什么都没丢。不管塞尔以什么理由进入房间，他都不是贼。

艾玛一屁股坐在地板上。麦德琳受伤的表情再次在她脑海中闪现。如果要说塞尔的确偷走了一样东西，那就是她好不容易和萨顿的朋友以及罗伦刚刚建立的良好关系。萨顿生前肯定得罪了不少朋友，她费了好一番工夫才修复她们之间的关系。

艾玛这么想，我非常生气。她说的这些人可都是我的朋友。这些人我打小就认识，我爱她们，她们也爱我。但是，就连我也不否认自己曾做过一些饱受质疑的决定。我曾横刀夺爱，将夏洛特的男朋友抢了过来。我还跟麦德琳的哥哥关系暧昧。在一次谎言游戏恶作剧中，我还害加布犯了癫痫病，并且告诉她妹妹，如果她胆敢把那件事情告诉别人，我就让她们在学校里待不下去。我还多次不顾罗伦的感情。我的死让我明白了一件事情，那就是我活着的时候犯了很多错误，而且都是那种不能弥补的错，但艾玛也许能帮我弥补曾经的过失。

艾玛不停地深呼吸，几分钟后，她走出萨顿的房间，慢慢下了楼。一股浓烈的烤榛子香味儿从厨房里扑鼻而来。萨顿的父亲正盯着一杯黑咖啡，脸仍然因为愤怒扭曲着，看上去就像戴了一个奇怪的面具。梅塞夫人正在帮他按摩肩膀，一边对他耳语着什么。罗伦冷冷地看着窗户，指尖转动着一个菠萝形状的透光饰品。

梅塞夫人抬头看了看艾玛，脸上浮现出一丝笑容。“警察马上会来，萨顿。”她轻声说。

艾玛眨了眨眼睛，不知该作何反应。萨顿的父母是期待着她听到这个消息后放松下来，还是竭尽全力为塞尔辩护？她面无表情，双手交叉抱在胸前，盯着萨顿的爸爸。

“你知道那个男孩有多危险吗？”梅塞先生摇摇头问道。

艾玛正想张嘴说话，罗伦抢在了她的前面。她从艾玛身边挤了过去，抓住围在橡木桌旁的一张木椅的椅背。“那个男孩可是我最好的朋友之一，爸爸。”她生气地说，“你知不知道这些麻烦根本不是塞尔，而是萨顿造成的？”

“什么？”艾玛生气地尖叫道，“怎么又是我的错了？”

她们的对话被远处尖锐的警报声打断了。梅塞先生朝大厅走去，梅塞夫人也跟了上去。警报声越来越大，直到车子到达房子外面。艾玛听到有辆车停了下来，又看到前廊里红蓝色的灯光不停闪烁。她正打算跟着梅塞夫妇走进门厅，却被罗伦一把抓住手臂。

“你真要把塞尔往火坑里推吗？”罗伦嘶声叫道，眼睛里闪着怒火。

艾玛盯着她：“你在胡说什么呀？”

“我不知道他为什么总是先来找你。”罗伦仍然不依不饶，好像她根本没听到艾玛的问题似的，“你只会让他的生活更加糟糕，却从不会收拾残局，你只会把糟糕的局面扔给我。我说错了吗？”

艾玛摩挲着脖子上萨顿的吊坠项链，心中默默祈祷，希望罗伦能够将真相解释给她听，但罗伦只是用责备的眼神看着她。看得出来，不管罗伦说什么，按理说萨顿早就知道。

但是……我不知道呀。

“我们煮好了咖啡。”梅塞夫人的声音从门厅里传来。艾玛转过身，恰好看到萨顿的父母领着两个警察走进厨房。其中一人一头红发，脸上长着雀斑，看起来年纪不比艾玛大。另一个更显沧桑，长着一对大耳朵，身上散发着一股森林气息的古龙水味道。艾玛一眼就认出了他。

“我们又见面了，梅塞小姐。”第二个警察说，厌烦地看着艾玛。此人正是昆兰警探，艾玛到图森市的第一天曾将自己的真实身份告诉他，可他死活不信。艾玛向他坦白自己是萨顿失散多年的孪生妹妹，但昆兰警探以为这又是萨顿的恶作剧。萨顿前科累累，图森市的这名警探手里有一大堆档案，都跟萨顿整蛊无辜受害者的恶作剧有关。其中最恐怖的一个恶作剧是萨顿假装自己的车在铁轨上抛锚了，当时市郊往返列车正呼啸着朝她和她的朋友们驶去。结果，这个恶作剧害得加布癫痫病发作，进了医院。艾玛仅仅在上周才了解到这个情况，她当时故意在商店里偷窃被抓，看到了萨顿在警局的档案。后来她还做了一番调查，而且运气不错，但她并没指望和图森市的警察打交道会有什么好事儿。

昆兰在厨房里的一张椅子上坐了下来。“为什么我每次电话响都跟你有关，梅塞小姐？”他疲倦地说，“是你安排维加先生来的吗？你知道这次他去哪儿了吗？”

艾玛靠在桌子上，盯着昆兰。

自从这名警探第一次见到她，他总是跟她——不对，应该是萨顿——过不去。“我又没做错什么。”她很快说，将肩膀上的一缕茶褐色头发拨开。

梅塞先生摆一摆手。“萨顿，不要这样。”他说，“你要跟警方合作。我希望那小子永远不要来找我们的麻烦了。”

“我不是说过了吗，我什么都没做。”艾玛争辩道。

昆兰转身看着萨顿的爸爸：“我们出动了三辆警车寻找维加先生，迟早会把他找到的，这点你大可放心。”

他的威胁中有某种东西让艾玛胆战心惊，我也一样。这时，我们两人的脑海里同时生出这样的疑问：要是塞尔再次先找到艾玛呢？

Two Truths and a Lie

诡言游戏3真相不止一个

问题男生

“萨顿，”梅塞夫人的声音在楼上回荡，“吃早饭了！”

艾玛慢慢睁开眼睛。星期天早晨，她正躺在萨顿的床上，比起以前养父母家的床，这张床不知要奢华多少倍。她也憧憬过长毛绒床垫、高级床单、羽绒枕、绸缎被面，能让她每天晚上舒舒服服地睡上八个小时，但自从来这儿后，她从没睡过一个安稳觉。昨晚，她每半个小时就醒来一次，查看萨顿的窗户是否上了锁。她每次都会站在窗台旁边，看着下面修剪得整整齐齐的草坪，几个小时前，塞尔才从那里仓皇逃走。要是她之前没有尖叫，要是花瓶没被打破，要是梅塞夫妇没有进入萨顿的房间会怎样呢？塞尔会当面威胁她吗？他会不会叫她不要再调查下去了，否则小命不保？

孪生姐妹失散多年，相遇后怪事连连，杀人疑犯逃之夭夭，艾玛想出了这样一个新闻标题。寄养在别人家里时，她养成了一个习惯，用吸引人眼球的新闻标题来描述她的日常生活，因为她立志成为一名出色的记者。她还把这些标题写在一本日记本里，并把那份“报纸”命名为《艾玛日报》。她搬到图森市，假扮萨顿，这些冒险经历当然都具有报道价值——倒不是说她一定要把这些事情告诉别人。

她翻了个身，昨晚发生的事儿不停在她的脑海里涌现。塞尔是杀害萨顿的凶手吗？他的所作所为不由得她不怀疑。

“萨顿？”梅塞夫人再次喊道。

蜂蜜糖浆和华夫饼的香甜味在萨顿的卧室里飘荡，艾玛的肚子早就饿得咕咕叫了。“来了！”她大声应道。

艾玛昏昏沉沉地打了个哈欠，下了床，从萨顿那个白色木制梳妆台最上面的抽屉里拿出一件亚利桑那红雀队的运动衫，把标有34.99美元的标签从衣领上扯了下来，把衣服从脖子上套了上去。

这件运动衫可能是红雀队的超级粉丝加里特送给萨顿的礼物，萨顿生前，他曾是她的男友，但两人已经分手了，艾玛在萨顿十八岁的生日派对上拒绝了加里特赤身裸体求欢的请求。看来有一些东西即使是亲姐妹也不愿与彼此分享。

呃，没错，比如彼此的生活。可现在再说这些好像为时已晚。

萨顿的手机嗡的一声响了，艾玛检查了屏幕。屏幕的右上角出现了伊森·兰德里的照片，艾玛心中为之一动。

你没事儿吧？他写道，我听说昨晚警察去了你家。出什么事儿了？

艾玛闭上眼睛，手指按着按键。

说来话长。昨晚塞尔闯了进来。我好怕。也许他就是凶手。等会

儿咱们老地方见?

你不用禁足了吗?伊森问道。

艾玛吐了吐舌头。她都忘记上周在克拉克精品店偷窃被梅塞夫妇禁足的事情了。他们让她去参加返校节舞会只是因为她在学校里表现出色，这对于萨顿来说是破天荒。我会想办法出去的。晚餐后见。

她一准儿能想出办法。除了凶手外，伊森是唯一知道艾玛真实身份的人，两人曾一起调查这起案件，试图找出杀害萨顿的凶手。他现在肯定想了解塞尔的情况。

但艾玛想见他，并非只有这一个原因。昨晚这么一闹，她差点儿忘记两人已经和好的事情了……他们还接吻了。她迫不及待地想见到他，希望他们的感情能更上一层楼。其实，伊森甚至可以说是艾玛第一个真正意义上的男友，她向来腼腆，而且经常四处搬迁，很少引起男生的关注，但她希望这段感情能够顺利地发展下去。

我也希望他们能成功交往。我们两个总得有一个找到真爱。

艾玛下楼去吃早餐，在门厅里停了一会儿，看了一眼梅塞家的全家福。墙上挂着的黑框相片里有罗伦和萨顿手挽着手在迪士尼公园的合照，有她们戴着氖光粉镜框的运动型护目镜滑雪的照片，还有她们在漂亮的白色沙滩上堆沙子城堡的照片。还有一张近照，照片中，萨顿和爸爸站在一辆墨绿色的沃尔沃前，萨顿开心地拿着车钥匙。

她看起来是那样开心，那样无忧无虑。她这样的生活正是艾玛梦寐以求的。有个问题一直困扰着艾玛:为什么萨顿有一个这么温馨的家，有一帮这么好的朋友，而艾玛却寄人篱下了十三年?萨顿从小就被梅塞一家收养，而艾玛却跟生母贝基待到了五岁。要是两人的生活调换过来呢?要是艾玛被梅塞夫妇收养会是怎样的情形呢?她也会枉死吗？她会活出一种不同于萨顿的生活吗？她会珍惜这种优越的生活吗？

我看着照片，目光聚集在一张最近拍的快照上，照片中的四个人站在前廊上。我和爸妈，还有罗伦，四个人全都穿着白色的T恤和蓝色的牛仔裤，背景是图森市灿烂的阳光。我看起来有个完美的家庭，我很好地融入了他们的生活，蓝色的眼睛跟我的养母一样。艾玛老以为我生前只会惹是生非，这让我大为光火。没错，我生前的确不怎么对父母心存感激，也许我在玩儿谎言游戏的时候的确伤害到了某些人，但是，难道仅仅因为这些我就该死吗？

梅塞夫人在厨房里把金黄色的面糊倒进烤盘。德雷克耐心地蹲在她的脚下，等着面糊从烤盘里溢出，滴到地上。艾玛在门口出现时，梅塞夫人抬头望过去，脸上露出痛苦、担忧的神色。她的鱼尾纹特别明显，太阳穴上一缕头发已经花白。梅塞夫妇比她认识的大多数父母都要老一些，可能五十岁左右了。

“你没事儿吧？”梅塞夫人问道。她把烤盘的盖子合上后，又把搅拌器放进面糊中。

“呃，我没事儿。”艾玛咕哝道。要是知道塞尔的行踪，她肯定会感觉舒服得多。

房间那头传来啪的一声，艾玛转过身，看到罗伦坐在餐桌旁，正用一把银色的长刀切一个熟透了的菠萝。萨顿的妹妹盯着艾玛的眼睛，手中拿着一块切好的菠萝，咧着嘴，嘲讽地笑了一下。“想补充维生素C吗？”她冷冷地问道。她另一只手握着那把闪光的刀，颇有几分威胁的意味。

要是一个星期前，艾玛可能还害怕这把刀，当时，罗伦被她列为重点怀疑对象，但后来罗伦的嫌疑被洗脱了。萨顿被杀那晚，她整晚都在妮莎·巴内杰的家中参加狂欢晚会，不可能是她做的。

艾玛看着菠萝，做了个鬼脸：“不用了，谢谢。我闻到菠萝就想吐。”

站在咖啡机旁边的梅塞先生转过头来，吃惊地看着她：“我以为你喜欢吃菠萝，萨顿。”

艾玛紧握拳头。自十岁开始她就吃不下菠萝了，当年，她的养母莎尔娜为一家烹饪杂志提供了菠萝翻转蛋糕[①]的食谱，后来，那家杂志为他们终生提供菠萝罐头。艾玛在半年的时间里每餐都得吃这种滑溜溜的黄色水果。当然，萨顿的确喜欢吃菠萝。

这是萨顿生活中的一些小细节，艾玛不可能知道，也经常会犯错。萨顿的爸爸似乎对她的失态格外注意，当初艾玛第一次来到图森市时，他是唯一因为一个小疤痕质疑她的人，因为她的孪生姐姐萨顿身上没有。每次跟她说话，他似乎都会权衡再三，好像他有意隐瞒什么似的。他像是知道自己的女儿不在了，但又不能确切地说出原因。

“以前倒没觉得，后来我发现这玩意儿含有对身体不好的碳水化合物。”艾玛反应迅速，很快为自己圆了谎。萨顿估摸着也会这么说。

不知不觉中，放在皂石柜台上的咖啡机里冒出了热气。梅塞先生在印有跟德雷克长得极为相似的大丹狗照片的陶瓷杯中倒上牛奶，然后转头看着艾玛：“警察昨晚找到了塞尔。当时他正打算在十号公路的坡道上搭便车。”

---

① 把菠萝放在下层烤的蛋糕。食用时翻转过来，菠萝在上。

“他是因非法侵入住宅被捕的。”梅塞夫人解释说，在盘子里加了几块华夫饼，“不过，他可不单单只有这一条罪名。他身上还带了一把刀，这是私藏武器罪。”

听到这话，艾玛吓了一跳。要是昨晚稍不注意，塞尔就可能杀了她。

“昆兰警探说他还拒捕。”梅塞先生继续说，“看来他真有麻烦了。他们把他带到警局录口供去了，可能还有别的事情要问他。比如他这段时间去了哪儿，为什么让家人担心这么长时间。”

艾玛故作镇定，但听到这样的消息，她心里的一块石头总算落了地。至少塞尔进了监狱，而不是在图森市四处闲逛了。至少她现在安全了。塞尔坐牢后，她也有时间彻底查清他和萨顿的神秘关系了……最终弄清楚她是否真的应该怕他。

“我们能去监狱探望他吗？”罗伦问道，将长而尖的菠萝茎扔满了垃圾桶。

梅塞先生一脸恐惧。“绝对不可以。”他指着两个女儿说，“你们谁都不能去看他。罗伦，我知道他是你朋友，但你想想他当初在足球场上是怎么跟人打架的。如果有关他酗酒和嗑药的传闻也是真的，那他肯定还是个病秧子。他身上还带着刀，他到底想干什么？这家伙到哪儿哪儿就不安宁。我可不想你们跟这种人混在一起。”

罗伦正待开口抗议，梅塞夫人堵住了她的话：“你能帮我铺桌子吗，宝贝儿？”她的声音有些颤抖，好像隐瞒着什么，现在只是故作镇定。

梅塞夫人将一大堆比利时华夫饼放在餐桌上，给每个人倒了一杯橘子汁。梅塞先生从咖啡机旁走了过来，在他常坐的位子上坐了下来。他切下一块饼干，塞进嘴里，眼睛一直盯着艾玛。“对了，塞尔为什么进你的卧室？”他问道。

听到这话，艾玛顿时紧张起来。*因为他可能杀了你真正的女儿？因为他想确定我没有把这件事儿告诉别人？*

“不是你叫他来的吧？”梅塞先生继续说，声音更加尖锐。

艾玛垂下眼睛，伸手去拿“巴特沃斯夫人”枫糖：“如果是我跟他约好的，我就不会尖叫了。”

“你上次是什么时候见的他？”

“昨晚。”

梅塞先生夸张地叹了口气：“在此之前。”

这样的问题艾玛答不上来。她环顾桌旁，梅塞家的三个人都盯着她，等她回答。梅塞先生看起来有些生气，梅塞夫人很紧张，罗伦的脸涨得通红，像要杀人似的。

“六月份。”艾玛脱口而出，那时警局里到处贴有塞尔的寻人海报，Facebook上也有塞尔失踪的帖子，“跟其他人一样。”

梅塞先生重重地叹了口气，像是不相信她似的。但他还没来得及说什么，梅塞夫人清了清嗓子。“我们不要再担心塞尔·维加了。”她尖声说，“他现在在监狱里，这才是重点。”

梅塞先生蹙着眉头：“可是——”

“我们还是拣些开心的事情说说吧，比如你的生日派对。”梅塞夫人碰了碰丈夫的胳膊，打断他的话说，“离你的生日只有一个星期了，现在几乎所有的计划都完成了。”连艾玛也知道梅塞先生的生日派对会怎么操办。梅塞夫人策划了好几个星期，梅塞先生的生日宴会将在洛伊斯·本塔纳峡谷酒店举行。写着派对任务清单的嫩黄色便利贴在房子里贴得到处都是。

梅塞先生仍然阴沉着脸：“我不是跟你说过我不要搞什么派对的吗？”

梅塞夫人用鼻子一哼：“可大家都想办派对。”

“奶奶也会来，对吗？”罗伦咽下一口橘子汁后问道。

梅塞夫人点点头。“也欢迎你们邀请朋友来。”她说，“我已经给张伯伦一家以及维加先生和维加夫人发了邀请。我刚从詹尼蛋糕店订了蛋糕，张伯伦先生生日派对上的蛋糕就是那家蛋糕店的面包师做的。”梅塞夫人继续说，“他们的胡萝卜奶油干酪糖霜蛋糕真是一绝，是你最喜欢的口味！”

她的声音越来越高。*少年杀人疑犯破门而入，贤妻想以餐后甜点话题缓解气氛*，艾玛脑海中跳出这样的标题，兀自笑了。

“我能失陪一下吗？”罗伦问道，她盘子里的华夫饼丝毫未动。

“当然可以。”梅塞夫人心不在焉地说，仍然看着丈夫的脸。

艾玛也跳了起来。“我还有德语作业要做。”她说，“最好早点儿做完。”萨顿断然不会说出这样的话来，但她现在只想离开这个地方。她快速地把盘子拿到水槽，见罗伦擦身而过，她低下头。罗伦低声说着什么，艾玛几乎可以确定她在骂人。

艾玛再次经过桌旁，往大厅走去，她感觉梅塞先生仍然盯着她。萨顿父亲怀疑的眼神让艾玛感到肚子突然剧烈地抽搐。她突然想起了梅塞先生和塞尔争执的场景。是她想得太多，还是他们之间真的发生过什么大事儿？他们两人以前闹过矛盾吗？梅塞先生知道塞尔一些不为人知的事情吗？或许他早就知道塞尔是个危险分子？

我对艾玛的看法深表赞同，父亲确实知道塞尔的事情。我跟着艾玛上了楼，瞥了一眼窗外的群山，脑海里突然闪现的两块拼图拼在了一起。我看见细长的树枝在坚硬的地上投下斑驳的影子，晚夏的风在我裸露的腿边萦绕。黄昏中我和塞尔手挽着手肩并着肩在石头小道上走着。我看着他张开嘴，似乎有话要说，但我还没听清他说的是什么，记忆就模糊了。

八成是我不想听到的话。

Two Truths and a Lie

谎言游戏3真相不止一个

我的男友是诗人

那天晚些时候，艾玛朝当地的公园走去。尽管天已黄昏，仍有很多人在山间蜿蜒的土路上慢跑。有人在公共烤架上烤汉堡，还有人跟自家的狗狗在草坪上疯闹。收音机里传出布鲁诺·马尔斯①的歌，一群小孩把喷水池的水互相泼到对方身上。

光是看着这个离我家仅有几个街区远的公园，我的内心就隐隐作痛，尽管有些事情我记不清楚了，但我知道自己曾在那里度过许多时光。尽管喷水池里的水齐大腿深，但要是我这会儿能将手指浸入冰冷的水中，或者咬一口烤架上美味的汉堡，叫我做什么都行。

公园里正在举行激烈的篮球比赛，但所有的网球场漆黑一片。艾玛走到最后一个球场，推开门，门嘎吱作响。

---

① 布鲁诺·马尔斯（Bruno Mars）：美国创作型歌手，音乐制作人。

她隐约看到球网旁边的地上躺着一个模糊的人影，不由得心潮澎湃，是伊森。

“你好？”艾玛小声说。

伊森闻声站了起来，朝她走近。他步履轻松，不急不躁，手插在那条磨得旧旧的李维斯牛仔裤里，薄薄的T恤裹着他强有力的胳膊。“嘿，来了。”他说，即使在黑暗中，她也能看到他咧嘴笑着，“你这是溜出来的吗？”

艾玛摇摇头。“我不用再溜了。梅塞夫妇不再罚我了——我想应该是我积极做家庭作业的态度让他们改变了主意。不过，梅塞先生老问我去哪儿。”她转过头，望着远处黑色的树荫说，“他没有跟踪我就已经是奇迹了，而且我还应该感到庆幸，以前都没有人关心我去了哪里。”她漫不经心地笑着说道。

“连贝基也不关心吗？”伊森扬起眉毛问道。

艾玛盯着球场那头交错的树木：“你不记得当年就是贝基将我留在便利店的吗？她其实算不上一个合格的妈妈。”这样说妈妈，艾玛感到很内疚。贝基也曾给艾玛留下过美好的回忆，比如，她曾让艾玛穿着丝质长衬裙，在她们酒店的房间里扮演白雪公主，晚上她还经常让艾玛玩儿寻宝游戏，但在艾玛最需要她的时候，她却将艾玛抛弃了，她们之间的裂痕永远无法修补了。

“你能出来我真高兴。”伊森主动换了话题。

“我也是。”艾玛回答道。

两人的眼神短暂接触，而后良久没有说话，都低头看着地面。艾玛踢着掉在球网旁边的一个网球。伊森则把玩着口袋里的硬币，然后终于鼓起勇气牵起了她的手。他贴近时，艾玛闻到一股芳香的须后水味道。“要不要开灯？”他问道。网球场的灯光可以人工控制，每三十分钟付费七十五美分。

“不用了。”艾玛回答道，一股兴奋的感觉流经身体。

伊森拉着她一起躺在地上。因为白天残留的余温，地面仍然有些暖和，闻着有股淡淡的柏油和橡胶运动鞋的味道。他们的头顶挂着一轮银月。一只猫头鹰振翅飞向高高的树枝。

“真不敢相信塞尔竟然闯入你家了。”过了一会儿，伊森紧紧地抱着她说，“你没事儿吧？”

艾玛将脸贴在他的胸脯上，突然有种筋疲力尽的感觉：“我现在好多了。”

“塞尔溜进你家是想见萨顿吗？”

艾玛的头稍稍后仰，叹气道：“我想是吧。除非……”

“除非什么？”

“除非塞尔知道我的真实身份，来提醒我不要耍花招儿。”光是说出这样的话就让艾玛感到心惊胆战。

伊森用膝盖顶着胸部：“你觉得萨顿是塞尔杀死的？”

“完全有可能。在萨顿的这帮朋友中，我们唯一没有调查的就是他了。你觉得塞尔在失踪前，他们两个出了什么事情？”艾玛将手掌贴在柏油球场的地面上，感觉上面的温度。她必须触碰一些坚实的而不是虚无缥缈的东西。

一丝遗憾掠过伊森的脸。“我不知道。”他承认道，“我倒希望自己知道，但我跟他们不是一路人。”

“有人暗示说他跟萨顿曾是一对儿。”艾玛说。萨顿的前男友加里特就隐约跟她说过这样的话，他在星期五的返校节上曾说萨顿劈腿。妮莎·巴内杰几乎是很清楚地表示萨顿曾将罗伦暗恋的男生据为己有。自从塞尔在萨顿的卧室里出现后，罗伦就没给过艾玛好脸色，还说了一些神神道道的话。*你只会让他的生活更加糟糕*，什么意思？

“现在又有人说塞尔的出走跟萨顿有关。”艾玛缓缓地说。

“我也听说了。”伊森用运动鞋的鞋跟磕着球场上的一条缝隙，“但谁知道是不是真的？只是最近才有人在私底下聊这事儿。当初塞尔失踪的时候，所有人都认为他只是躲他爸。每次塞尔踢足球他爸都会对他大叫大嚷，给了他很大压力。”

艾玛皱了皱眉头，记起舞会那晚一些别的事情了。那天在返校节舞会上，艾玛发现麦德琳的手臂上有瘀青，她说是她爸弄的，而且麦德琳还说她爸对塞尔也很严厉。听到那番话后，艾玛的心揪得紧紧的，但也感觉很特别，那是艾玛第一次跟萨顿的朋友谈心。她渴望这样的交流，因为她经常搬家，除了住在内华达亨德森的好朋友亚历克斯外，很难交一些交情持久的朋友。

我必须承认，看到艾玛跟我的闺密成了朋友，我有些伤感。从某种程度而言，艾玛就像我的改良版，想到这个我的心真的很痛。麦德琳从来没在我面前说过她爸的事儿，她曾旁敲侧击地暗示过我从来不把这种事儿放在心上。那天晚上，我跟夏洛特、罗伦坐在麦德琳的卧室里，维加先生在厨房里将锅碗瓢盆摔得砰砰直响，也不知道冲小麦和塞尔大声嚷嚷什么，那时我就觉得维加先生有什么地方不对劲儿。麦德琳回到她的房间时，眼睛睁得大大的，眼圈儿通红，我们当时都假装什么事情也没发生。要是我能花点儿心思问问小麦的情况，我可能会从她身上得到很多线索。现在我的孪生妹妹跟小麦和夏尔的关系比我以前跟她们还好，我也无能为力。

伊森枕在自己的胳膊肘上，晒成棕褐色的腹肌露了出来：“塞尔离家出走，不是因为他爸就是因为萨顿。我听人说他沾上了特别危险的事儿。”

“比如呢？酗酒还是吸毒？”艾玛问道，想起了梅塞先生说过的话。

伊森耸耸肩：“这些都是八卦消息。我会到处打听打听。现在他回来了，有人议论他也正常。我们只需分清楚哪些是谣言、哪些是事实就可以了。”

艾玛突然躺到坚硬的球场上：“我有没有说过这事儿非常棘手？如果不将自己的真实身份说出来，我也不知道如何弄清楚塞尔和萨顿之间的关系。”

伊森和她十指相扣：“咱们会找出真相的，我向你保证。比起一个月前，咱们离真相又近了很多。”

艾玛心中涌起一股感激之情：“没有你，我还真不知道该怎么办。”

伊森挥了挥那只空出来的手。“别这么说。这个案子咱俩一起调查。”他说着挪了挪身体，从后面的口袋里拿出一张皱巴巴的纸，“嘿……我想问问你……有没有兴趣跟我一起去参加这个？”

艾玛将纸捋平。纸上用打印字体写着“第十届诗歌朗诵比赛”。

诗歌朗诵比赛是在三个星期后的星期五举行。她抬起头，满脸疑惑地看着他。

“过去几个周末我一直在国会俱乐部朗诵诗歌。”伊森解释说，“我只是觉得如果你能作为观众给我精神支持会很不错。”

艾玛忍不住笑了起来：“你想让我去听你朗诵诗歌？”她第一次

见到伊森那晚，也就是她第一次来到图森市的那个晚上，她就曾看到他在笔记本上潦草地写诗。艾玛很想看看他的作品，但她不敢提。

伊森点点头：“只要你不笑话我。”

“我当然不会啦！”艾玛拍着手说，“到时候我准去。”

伊森眼睛里闪着光芒：“真的呀？”

艾玛点点头。看到他在这件事情上表现得这么脆弱，她有些感动。艾玛用指尖抚摸着伊森的掌心。远处萤火虫闪着光，在仙人掌和浆果鹃之间飞来飞去。伊森搂着艾玛的肩膀，这时，一股风从伊森的黑发中吹过。艾玛往他身边挪了挪，膝盖掠过伊森的牛仔裤。她想起了昨晚他们的吻，想起了他柔软的唇贴在她唇上的感觉。杀害姐姐的凶手尚未找到，自己就沉湎于跟伊森的感情，艾玛感觉自己有些自私，但现在伊森是唯一让她保持理智的原因。

说来奇怪，看着妹妹如此开心我的头脑也格外清醒。

艾玛探身过去，歪着下巴。伊森也移了过来。可就在这时，一声清脆的声音从栅栏的另一侧传来。艾玛猛一转头，眯缝着眼睛往那头看去。一个人影钻入了两棵橡树之间，看起来那人的腿很长。

“喂？”她大声喊道，脉搏开始加速，“谁啊？”

伊森也腾地站起来，将一枚二十五美分的硬币塞进机器，打开了灯。球场的灯很亮，艾玛一开始只能遮住眼睛。两人的眼睛扫过球场，周围再次归于沉寂。现在已经没人打篮球了，马路上连一辆车也没有。球场上这样安静有多久了？她跟伊森说话很大声吗？是不是被人听见了？

那个人影又在林子里出现了，艾玛紧紧抓住伊森的胳膊，愣是忍住没叫出来。现在，她的眼睛已经适应了黑暗。远处是一个穿着黑色打底裤的女孩，戴着一副金属色的运动文胸，穿着白色的跑鞋。她那头金黄色的头发被扎成高高的马尾。她正在那边慢跑，像是刚刚才来。艾玛惊讶得合不拢嘴，那人竟然是罗伦。

看到艾玛和伊森后，罗伦的眼睛瞪得溜圆。过了好一阵儿，她才伸出四根手指挥舞着说道：“啊，是你们呀，嘿！”她说这话好像并没有偷听他们，但艾玛心里清楚得很。

我心里也清楚得很，尤其是当罗伦故作惊讶的时候。接着，罗伦很快将那个iPod（苹果音乐播放器）的耳塞重新塞到耳朵里，飞奔着穿过树林，马尾随之一上一下起伏，消失在了黑暗中。

Chapter 4

返校节后遗症

星期一早上，奥利耶高中看起来还没从星期五晚上的返校节庆祝活动中恢复过来。学校每年都会举办万圣节舞会，这算是传统了，经历晚上的喧闹过后，地上一片狼藉。一块亮橙色的皱纸挂在体育馆外面的窗台上。草地上丢弃着许多“吸血鬼”的尖牙。水泥人行道上到处是炸开的黑色气球碎片。庭院中，一个印第安人花岗岩雕像的腰布上粘着一块粉红色的口香糖。

“这个地方看起来就像余醉未醒。”艾玛喃喃说道。

罗伦正挨着艾玛坐在那辆捷达车的驾驶座上，她仍然板着脸。在艾玛弄清楚萨顿那辆车的去向之前，都由罗伦送她去学校，而那辆车在萨顿失踪之前因为没交罚款被警方扣了，但种种迹象表明，萨顿在遇害那晚去拖车场取了车。自那以后，那辆车就再也没有出现过。

艾玛本想在车上跟罗伦聊聊，但她感觉罗伦昨晚在公园里监视她和伊森，尽管她很想知道罗伦到底听到了什么，她仍然不敢直接问她。罗伦只是直勾勾地盯着前方，绷着下巴，眯缝着眼睛，既不想谈论碧昂丝的新单曲，也不想谈论美宝莲的睫毛膏不能跟迪奥的魔翘睫毛膏媲美。

艾玛叹了口气，走出车外，绕过一个被人掉在地上的狂欢节面具。罗伦的反复无常让她很是反感。上个星期，她和罗伦相处得还不错，不管之前萨顿和罗伦有什么不愉快，两人已经开始冰释前嫌，但塞尔的出现又让她们的关系变得紧张起来。艾玛想念以前的日子，那时两人会在吃早饭时相视而笑，早上两人会一起在浴室的镜子前化妆，开车去学校的路上会一起跟着收音机唱歌。罗伦让她第一次体会到了当姐姐的感觉。

她走过前面的草坪，注意到所有人都在兴奋地窃窃私语。塞尔·维加这个名字无数次被提到。

“你听说塞尔闯入梅塞家被抓了吗？”一个穿着人造毛皮背心的女孩小声嘀咕道。艾玛听后一怔，闪到一根柱子后面，想听听她们到底在说什么。

那个女孩的朋友长着一个明显的美人尖，她兴奋地点点头：“我听说这事儿根本就是个圈套。萨顿一早就知道他会去。”

“你觉得他可能去哪儿了？”身穿人造毛皮背心的女孩问道，美人尖耸耸肩，“我听说他去洛杉矶当模特儿了。”

“不可能。”一名头顶卷曲金发的高二女生也加入了她们的谈话，“听说他跟墨西哥的贩毒集团搞在了一起，腿上还挨了一枪。所以他现在都成瘸子了。”

“有道理。”美人尖一本正经地点点头，“塞尔闯入萨顿的卧室可能是想偷她的笔记本电脑，用来还大毒枭的钱。”

人造毛皮翻了翻白眼儿：“你们懂什么？他闯进萨顿的房间是因为他们两个余情未了，当初就是萨顿把他逼走的。”

“萨顿？”

艾玛一转身，看见夏洛特正朝她走来。看到柱子后面的艾玛，三个正在谈论萨顿的低年级生吓得直往后退，其他经过的学生都好奇地盯着她，还有几个人咯咯地笑了。

我感觉如果我走过奥利耶高中的走廊，断然不会获得这样的反应。其他人可能会小声嘀咕跟我有关的事儿，但没人敢笑。

“消息传得真快，不是吗？”夏洛特赶上来后艾玛说。艾玛拉了拉萨顿那条灰色细条纹超短裙。要是她早知道自己今天会成为焦点，她才不会穿这么露的裙子呢。

“这样的消息当然啦。”夏洛特理了理垂在肩膀上那缕如丝绸般顺滑的红色波浪鬈发，把一杯在星巴克买的拿铁递给她。然后，她盯着一个正目瞪口呆地看着艾玛的哥特风格的女孩。“有问题吗？”她捏着嗓子说。

女孩耸耸肩，灰溜溜地走了。两人坐在长凳上，艾玛感激地冲夏洛特笑了笑。这种时候艾玛总是会感激夏洛特冷酷的坏脾气。在这群朋友中，就数她声音最大，就数她最有控制欲，你肯定喜欢这样的女孩是你朋友，而且最好不要惹恼她。过去，艾玛认识许多夏洛特这样的女孩，但她每次都只能躲得远远的。大多数情况下，她这种寄养在别人家里的女孩在夏洛特这种人眼里就像怪胎。

夏洛特抿了一口咖啡，环顾了一下草坪。“真是太乱了。”她咕哝道。突然，她那双绿色的眼睛瞪得溜圆。艾玛顺着她的视线看去，看到麦德琳从她那辆SUV里出来，挺着腰，从一群张口结舌的学生中走了过去。

“小麦！”夏洛特挥了挥手，大声喊道。

麦德琳转过头来，看到夏洛特和艾玛后僵在那里。有那么一瞬间，艾玛以为她会转身往相反的方向走去，但她还是带着芭蕾舞者特有的优雅，大步朝她们走来，挨着夏洛特坐在长凳上。

夏洛特捏了捏她的手：“你好吗？”

“你觉得呢？”麦德琳生气地说。她今天穿得无可挑剔，上衣是一件紧身开司米毛衣，下身是熨得过了头的深蓝色短裤，但她本就雪白的皮肤比平日更显苍白。艾玛注意到她的头顶还架着一副香奈儿的太阳镜。这副太阳镜是新款，上星期艾玛和麦德琳选了两副过时的眼镜——这当然不是萨顿的做派，小麦今天故意没戴那副眼镜是不是表示她在生艾玛的气？要不就是艾玛想多了？

“塞尔的提审听证会是在今天早上举行的。”麦德琳解释说，她只是看着夏洛特，目光并没有望向艾玛，“要一万五千美元才能保释他。我妈一直在哭。她求我爸付这笔保释金，但他就是不愿意，他说他没打算浪费钱把塞尔保释出来，因为他反正还会开溜。我只能自己去把他保释出来。可我去哪里凑一万五千美元呢？”

夏洛特一只手搭在麦德琳的肩上，捏了捏她的肩头：“对不起，小麦。”

“在听证会上，他只是坐在那里，紧紧地盯着我们。”麦德琳的下唇开始颤抖，“看起来他像是完全变成了陌生人，身上文着文身，他没做任何解释。腿也有点儿跛，将来再也踢不了足球了。足球一直都是他的最爱，而且他很有天分。现在，他的前途全毁了。”

艾玛伸出一只手，放在麦德琳的手上："这太糟糕了。"

麦德琳绷着肩膀，挣开了她："最糟糕的是，塞尔不愿意告诉我们这段时间他去哪儿了。"

"至少你现在知道他在哪儿了，而且他也安全了。"艾玛试探性地说。

麦德琳忽然转过头来，盯着她。那双蓝色的眼睛有些肿胀，嘴抿成一条直线。"他在你房间里干什么？"她毫不客气地问道。

艾玛有些畏缩。夏洛特则心不在焉地把玩着她蔻驰皮包上挂着的心形钥匙链，也没看两人。

"我不是说了我不知道吗？"艾玛结结巴巴地说，感觉腹部的肌肉抽搐成了一团。

"你知道那晚他要去你家吗？"麦德琳说，眼睛眯成了一条缝。

艾玛摇摇头："我发誓我不知道。"

麦德琳扬了扬眉毛，看起来想要相信她，却又做不到："说吧，萨顿。你知道他当初什么时候走的。而且，他走之后你还跟他一直有联系，对吗？你一直都知道他在哪儿。"

"小麦，"夏洛特说，"萨顿不会知……"

"小麦，如果我知道他在哪儿，或者跟他说过话，我肯定会告诉你。"艾玛打断夏洛特的话说。萨顿到底有没有跟塞尔联系，她现在也只能瞎猜了。没错，她是没跟塞尔说过话，可萨顿呢？

我也怀疑艾玛的推论是正确的，尽管我也不想瞒着小麦，但我曾经伤害过很多人，心里藏着很多秘密。要是我能记得就好了。

麦德琳将食指上一小块金色的指甲油剥了下来："他离开之前，我知道你们之间有事儿。"

艾玛嘴里突然感觉特别苦涩。她深吸了一口气，想说点儿什么，却不知道说什么好。她应该怎么说？*也许你应该告诉我？*

就在这时，尖锐的铃声在庭院里响起。夏洛特站了起来：“咱们该走了。”

但麦德琳仍然瞪着眼睛坐在凳子上。

夏洛特轻轻拉了一下麦德琳毛衣的袖子：“你肯定不希望老师打电话给你爸，说你上课迟到了。”

麦德琳叹了口气，把包甩过肩膀。夏洛特嘟囔着说午饭时和艾玛见面，然后挽着麦德琳的手臂，领着她去上早课了。尽管艾玛的第一堂课也在同样的方向，但直觉告诉她，她不受大家待见了。

这时，一只手突然放到了艾玛的肩膀上，她吓了一跳。等她转过身来，发现伊森正冲她腼腆地笑着。“我可不是想吓你。”他说，“我只是想确定你没事儿。”

艾玛正要伸手去牵伊森的手，突然缩了回来。她眼角的余光扫过院子，发现几个演戏剧的学生正在停车场附近彩排，几个人在离校门不远的一个凉亭里排队买咖啡。没人注意他们，但她仍然觉得不自在。伊森向来跟萨顿的小圈子格格不入，而且他也不想和她们打成一片。

她叹了口气：“我来这里才十分钟，感觉这一天真的很难熬。从麦德琳的反应来看，塞尔出走之前，他和萨顿之间肯定有事儿。”

伊森点点头：“看来萨顿的确是在玩儿加里特了。”

“我想是吧。”艾玛说。她也不愿意承认姐姐劈腿，但看起来确有其事。

“你打算怎么调查下去？”伊森问道。

艾玛咕嘟咕嘟地大口喝着夏洛特为她买的咖啡。“我看还是偷听那些八卦消息吧。”她说着耸了耸肩。

伊森看上去好像有什么话要说，但这时响起了最后一遍铃声，他只得作罢。两人很快站了起来。“咱们回头再讨论怎么样？”艾玛问道。

“好的。”伊森说。他们不约而同地往对方身边挪动了一步，双脚碰到了一起，两人迅速往后退去。

“对不起。”艾玛低声说。

“没事儿。”伊森粗声说道，把背包往肩膀上面挪了挪。两人对视了一会儿，伊森很快再次低下头，匆匆朝门口走去。“回见。”他小声说。

“好的。”艾玛对着他消失的背影说。她也很快转身，朝相反的方向走去。

就在这时，灌木丛中传出的瑟瑟声让她突然停住了脚步。有人在颁奖台后面窃笑。艾玛眯缝着眼睛看过去，想看清楚那人是谁。是有人在监视她吗？难道又是罗伦在监视她和伊森？但她还没来得及看清楚，那人就迅速进了学校，飞快地上了台阶。

Two Truths and a Lie

谎言游戏3真相不止一个

胜利日

那天放学后，艾玛用手挡住耀眼的阳光，羞怯地对稀稀拉拉鼓掌的观众笑了笑，走过奥利耶高中的主要对手惠勒高中的网球场。这周奥利耶高中所有的体育队都跟惠勒高中打对抗赛，艾玛刚同一个身材娇小的红发女孩打了一场艰苦的比赛。这场比赛本应该不难打，玛吉教练说对手水平一般，即使脚踝扭伤，用羽毛球拍也能将她拿下。艾玛到图森市之前，最常打的“网球”便是和俄罗斯寄养家庭的哥哥在昏暗的地下室里的乒乓球桌子上打的。她在比赛中想骂人却又不想惹麻烦的时候，哥哥教的俄语脏话就会派上用场。

我再次觉得我跟妹妹的童年生活是如此不同。

“打得漂亮，萨顿。”她走过球场时，几个艾玛不认识的人称赞道。她一屁股坐在球场外的椅子上，脱下她在萨顿的衣柜里找到的那双最新款式的网球鞋。她叹了一口气，赢得比赛可不光是球鞋的功劳。

“看来有人身体仍然没有恢复。”一个声音欢快地说。

艾玛抬头一看，发现妮莎·巴内杰倚在栅栏上，得意地笑着。妮莎修长的手指叉在细细的腰间，雪白的网球服闪着光，她可能在每次网球比赛后都会把网球服漂白，那条扎在她黑亮头发上的发带甚至没有汗水的痕迹。她是萨顿所在网球队的副队长，每次逮着机会就会奚落艾玛，贬低她的球技。艾玛咬着嘴唇，她本想试着理解妮莎，觉得妮莎之所以这么刻薄是因为她心里不好过：今年暑假她妈去世了，她遭受了不小的痛苦。要是真有平行世界，也许她和艾玛会因为都没有母亲而建立起亲密关系。

但我想告诉她在现时的环境下根本不可能。妮莎·巴内杰和萨顿·梅塞过去就是死敌，将来也会是。要不是我遇害那晚妮莎确实有不在场证据——她当时和整个网球队都在她家参加狂欢晚会——她肯定会被我列为头号疑犯。

艾玛拿起网球袋，朝学校里面走去。惠勒高中的更衣室闻起来有一股臭袜子和草莓味香体露的混合气味。角落里的喷头滴着水，一张皱巴巴的校内水球运动宣传单挂在煤渣砖砌的墙上。艾玛将那双汗湿的白袜子捏成一团，塞进网球袋，然后把网球服从头顶脱了下去，再换上萨顿那双粉红色的平底鞋、牛仔短裤和V领T恤。接着她朝水槽走去，感觉大腿后侧的肌肉绷得紧紧的，痛得让她直哆嗦。这个赛季她还有八场比赛要打。打完比赛后，她也许得去做大腿移植手术。

她转身朝拐角走去，看到一群泳帽上印着“奥利耶高中游泳队”的女生。房间里全是蒸汽，莲蓬头唰唰地喷着水。艾玛断断续续地听到了她们的对话，她们说谁在蝶泳比赛中遥遥领先了，然后又提到了惠勒高中一个叫德文的游泳队员。当听到她们说塞尔·维加时，艾玛脖颈后面的毛发竖了起来，不由自主地往淋浴间挪去。

“你才知道萨顿·梅塞跟这件事儿有关啊？”一个女孩叽叽喳喳地说道。

“她不是一直都和这事儿有关吗？”另一个女孩说，她的声音比第一个更加刺耳。

“大家不是说萨顿每次都差点儿要了塞尔的命吗？都这样了，他还去她家干吗？我是说，那家伙怎么还敢去惹她？也不知道他到底怎么想的。”

一种刺痛感流经艾玛的身体。萨顿曾差点儿要了塞尔的命？她突然记起伊森在周五，也就是他们接吻之前说的话了：*我听说萨顿·梅塞开车的时候差点儿撞死一个人。*她又想起塞尔从梅塞家逃跑时脚跛得很厉害。难道她们说的是真的？

这时，萨顿的iPhone嗡嗡地响了起来，艾玛手忙脚乱地去接电话。为了确保游泳队的女生不会发现她在偷听，她躲进一间浴室，然后才查看手机屏幕。手机上显示的号码她并不熟悉。“喂？”她小声说。

“萨顿？”电话那头一个低沉的声音嘟囔道，“我是昆兰警探。”

听到昆兰警探的声音，艾玛的心顿时一紧，她把手机抓得更紧了。她打小就怕警察。贝基跟警察结下过不少梁子，艾玛总担心警察会把她当成从犯关进监狱。“什么事儿？”她尖声问道。

“希望你能到警局来一趟，我有几个问题要问你。”昆兰大声说。

“什……什么事儿？”

“你只管来就是了。”

艾玛没办法拒绝警察。她叹了口气，说自己马上到。她将手机塞进口袋，从更衣室里走了出来，来到惠勒高中的大理石大厅里。远端墙侧有一排长长的储物柜，许多柜子上都贴着贴纸，挂着啦啦队的小彩球，还有不少涂鸦，无非是“加油，惠勒高中”“语文课真是没劲儿”，或者“简是个婊子”之类的文字。下午时分，太阳光从开着的窗户射了进来，在浅蓝色的墙上投下长方形的金色影子。

艾玛又看了看电话。警局离奥利耶高中只有五英里远，可她要怎么去那里呢？罗伦现在仍然不跟她说话，她肯定会向梅塞夫妇告状，说萨顿又惹麻烦了。而且，警察的询问可能跟塞尔有关，这意味着她也不能给麦德琳打电话。夏洛特还在参加网球比赛。伊森带她妈去看医生了。那就只剩下推特姐妹了。

艾玛在萨顿的iPhone里翻找着，终于找到了莉莉的手机号码。

“我当然愿意载你去啦。”接通电话后艾玛解释了自己的困境，莉莉满口答应，“朋友是用来干吗的？我和加布马上来！”

不出几分钟，推特姐妹就来了，她们将那辆闪亮的白色SUV停在路边。莉莉坐在驾驶座上，她今天穿着一件绿日乐队[①]的T恤，加布则穿着一件预科班的橄榄球条纹衫，懒洋洋地坐在副驾驶座上。两人都把iPhone放在大腿上。艾玛钻进后座，感到两姐妹都盯着她看。

“你打算去监狱探望塞尔吗？”车开动后，加布八卦地打听道。

---

① 九十年代美国朋克音乐复兴时期的重要乐队之一。

“我们就知道会是这样。”艾玛还没来得及回答，莉莉就插嘴说道，她瞥了一眼后视镜，蓝色的眼睛瞪得大大的，过厚的睫毛膏让她的睫毛都成块儿了，“我们知道你不会坐视不理的。”

“但如果没经过你的同意，我们也不会在推特上发信息，”加布很快说，“我们会替你保守秘密的。”推特姐妹还真是人如其名，整个学校就属她们最八卦，只要别人出点儿什么丑事儿，她们一准儿在推特上爆料。

“我听说他的审判将在一个月后进行，在此之前他爸爸会让他一直待在监狱里。”莉莉说，“你觉得他会坐牢吗？”

“我觉得他穿橙色的球服会很帅呢。”加布用颤音说道。

“我没打算去探望塞尔。”艾玛靠在皮椅上，尽量以漠不关心的语气说，“我……呃……我去警局只是为上次在商店行窃的案子签个字。店主不是撤销所有的指控了吗？”这话倒也不假。伊森认识克拉克精品店里那个女孩，已经说服她不指控艾玛了。

加布皱了皱眉头，看上去有些失望：“这样啊。既然你去了，顺便去看下他呗，难道这也不行吗？我特想知道他这段时间去哪儿了。”

“你本来就知道，对吗？”莉莉摆了摆手，对这事儿来了兴趣，“萨顿，可真有你的！你一直都知道这段时间他去了哪儿，可你就想瞒着咱们！对了，你们到底是怎么联系的？我听说你们会通过秘密的电邮账户联系。”

加布推了一把妹妹：“你从哪儿听说的呀？”

“卡罗琳的妹妹跟塞尔足球队的守门员的女朋友很熟。”莉莉解释说，“塞尔在跑路之前把很多情况告诉他了。”

艾玛看着在前排坐定的推特姐妹。“我感觉偏头痛要犯了。”她冷冰冰地说，尽量把我是萨顿·梅塞，我要你们做什么你们就得做什么的范儿端出来，“接下来大家保持安静，成吗？”

推特姐妹有些沮丧，但她们很快关掉了收音机，在接下来的行程中一句话也没说。艾玛盯着窗外匆匆而过的亚利桑那大学沙色的建筑。萨顿真是通过秘密电邮账户跟塞尔保持联系的吗？萨顿的电脑和卧室里她都找过，并没有发现任何线索，可萨顿不这么机灵，她就不叫萨顿了。他们可以通过很多方式交流，比如一次性手机、假电邮账户、推特账户、普通的老式信件……

我努力在脑海里搜寻着，想知道自己有没有光明正大或者偷偷地和塞尔联系过。我看到自己坐在桌旁，盯着面前空白的电脑屏幕，那种熟悉的焦躁感再次掠过我的身体，像是有什么事情必须跟人说说，什么人都行。也许此人正是塞尔。但我面前的电脑屏幕仍然一片空白，就像未经踩踏的初雪，闪烁的雪花在不停地嘲笑我。

汽车经过“孤独牧场”，三头帕洛米诺马在一块长方形的草地上吃草。一个穿着飘逸的白色裙子和葡萄干色吊带上衣的女人在售卖绿松石，旁边竖着一块广告牌：质量上乘，价格低廉。刚刚从地平线上探出头来的太阳发出光芒。

她们将车停在了警局的停车场上，莉莉在后视镜中看了一眼艾玛的眼睛：“你要我们在这儿等你吗？”

“我们甚至都愿意跟你进去，给你精神支持。”加布补充道。

“我还好。”艾玛从后座上下来，关上车门，“谢谢你们送我来这儿。”

我和艾玛不用回头就知道加布和莉莉正看着她从那扇印着“图森市警察局”的玻璃门中走进去。

Two Truths and a Lie

谎言游戏3真相不止一个

Two Truths and a Lie

谎言游戏3真相不止一个

大森林里的小艾玛

警局里的情况跟艾玛前两次来的时候没有两样，她第一次来这里是报告说萨顿失踪了，第二次来是在克拉克精品店偷包被抓。警局里仍然散发着一股外卖过期后的馊味儿。有人大声地讲着电话，声音甚是刺耳。一张贴有塞尔·维加的头像和相关信息的寻人启事挂在角落里的布告牌上，旁边是一份列有图森市通缉犯名单的文件。艾玛往前走去，向前台一个身材娇小、头发烫得像是头盔的女孩报上自己的名字。

“萨顿。”女人重复道，用那双涂了紫色水晶指甲油的手在一个老式键盘上把萨顿的名字打出来，“你坐一会儿，昆兰警探马上来见你。”

艾玛坐在一把硬邦邦的塑料椅上，再次朝布告牌看去。日历显示仍是八月，上面的图案是一只小猫追逐一团乱糟糟的红色纱球，艾玛猜想，这张日历肯定是这位前台的女孩选的。接着，她扫视了一眼通缉令海报。上面的大多数人看起来都是毒贩。最后，她盯着那个寻人启事的海报。塞尔那双淡褐色的眼睛像是正盯着她，他的嘴角掠过一丝淡淡的笑。艾玛一度以为照片中的这个男生正冲她眨眼，真是荒唐。她摸了摸自己的后颈，想稳稳神。但塞尔就在这栋大楼里，想到他就在自己附近，艾玛感到一阵战栗。

“梅塞小姐。”昆兰在门口出现了，他穿着一条深褐色的裤子，一件领尖钉有纽扣的褐色衬衣。身高六英尺的昆兰警探站在艾玛面前，气势逼人。“过来吧。”他说。

艾玛站了起来，跟着他走进瓷砖铺就的走廊。昆兰将艾玛带进了一周前扣留她的煤渣砖审讯室，他当初就是在那儿审问她在克拉克精品店偷窃的案子的。门一打开，艾玛便闻到一股浓烈的薰衣草香味儿的除臭剂味儿。她用手掩鼻，试图用嘴巴呼吸。

昆兰重重地坐了下来，椅子往后刮擦地板，发出刺耳的声音。他示意艾玛坐下，她缓缓地在昆兰警探对面坐了下来。他隔着桌子平视着她，好像希望她马上交代似的。艾玛仔细地看了看他别在腰间的手枪。不知道他开过多少次枪？

“我叫你来是想询问你那辆车的情况。”昆兰终于开口说道，他双手合十，越过指尖看着艾玛，“你的车找到了。不过……你就没什么话要跟我说吗？”

艾玛紧张起来，大脑一片空白。她对萨顿的车知之甚少，只知道萨顿在几个月前用这辆车和朋友们玩儿了个性质恶劣的恶作剧，她假装将车停在轨道上，当时一辆美铁列车呼啸着朝她们开过来。至于那辆车，在萨顿遇害那晚就被她从拖车场取走了，之后它就跟萨顿一起莫名其妙地消失了。

我也希望自己记得那天到底是怎么处理那辆车的，可我怎么也想不起来了。

因为紧张，艾玛的心跳得越来越厉害。萨顿在遇害那天还开过那辆车。也许那辆车里有萨顿遇害的证据，也许里面就有萨顿的尸体，想到这个，她不禁头皮一阵发麻。

我希望事实不是如此，但我脑海中突然闪现出一段记忆。我飞快地走过一条黑暗的石头小道，脚踝被树枝和仙人掌的刺刮擦着。恐惧袭遍我的全身，我跑了起来。然后我听到了身后的脚步声，但我没有停下来回头看是谁在跟踪我。我隐约看到我的车停在远处灌木丛那边的空旷地上，但是我还没来得及走到车旁，我的记忆就像肥皂泡一样破裂了。

昆兰清了清嗓子：“萨顿，你能回答我的问题吗？”

艾玛用力咽了咽唾液，想努力平复混乱的思绪：“呃，没有。关于那辆车，我没什么想说的。”

昆兰警探深深地叹了口气，用手捋了捋那头乌黑的头发。“那行，我们是在离萨比诺峡谷几英里的沙漠里找到那辆车的。”他重新坐回椅子里，双臂抱在胸前，意味深长地看着艾玛，好像等着她的某种反应，“你要跟我们解释一下，那辆车怎么会在那里？”

艾玛眨了眨眼，神经一下绷紧了：“呃……被偷走的吧？”

昆兰得意地笑了笑。“废话，”他嘴角微微上扬，“看来你不知道车里沾有血的事儿？”

艾玛全身的肌肉都在颤抖：“血？谁的血？”

“我们暂时还不知道，现在正在鉴定。”

艾玛将手放在大腿上，以免让昆兰看到她的手在颤抖。血无疑是萨顿的。是不是有人撞死了她姐姐，然后将车和萨顿的尸体都藏在了沙漠里？可到底是谁干的呢？

昆兰把身子往前探了探，或许他察觉到了艾玛的恐惧："我知道你肯定有什么事儿瞒着我们，而且还不是小事儿。"

艾玛慢慢地摇摇头，甚至都不敢说话了。

接着，昆兰回头从背后一个锈迹斑斑的金属架子上取出一个塑料袋。他将里面的东西清了出来，放在艾玛面前的桌子上。一条印有扎染图案的丝巾散落在桌上，旁边还放着一个不锈钢水瓶，还有那张拖车场的签单，上面还有萨顿龙飞凤舞的签名，还有一本《大森林里的小木屋》。

"这些都是我们在车里找到的。"昆兰警探一边解释一边将那些东西推过桌面。

艾玛摸着那条丝巾的边缘。气味跟萨顿房间里的一样，闻着有股花香和巧克力薄荷的气味，还有一种萨顿专用的有机香精的味道，不过，她说不准具体是什么味道。

"至于那辆车，我们暂时打算跟这些物品一起扣押了，等我们把车盖上的血验出来再说。"昆兰俯身向前，用严厉的眼神盯着艾玛，"除非你改变主意，跟我们说实话。"

艾玛盯着昆兰警探，两人之间的气氛有些凝重。她一度想告诉他那就是萨顿的血。有人杀了她的孪生姐姐，现在还在跟踪她。但跟上个月一样，昆兰还是不会相信她。即便他这次相信了，也可能像伊森之前警告她的那样，认为杀死萨顿的人是艾玛，因为她希望过萨顿这种风光的生活，不愿再像以前那样寄人篱下了。

"我什么都不知道。"艾玛小声说。

昆兰摇摇头，啪的一声将手拍在桌子上。“看来你只想跟我们对着干了。”他嘟囔道。这时，审讯室的门突然开了，他转过头去。另一名警察把头探了进来，对他说了什么话，艾玛没能听清。昆兰站了起来，朝门边走去。“你哪儿都别去。”他警告艾玛道，“我马上回来。”

他用力地把门关了。艾玛听着他的脚步声消失在走廊尽头，这才定神看了看他留在桌子上的东西：那条有着萨顿专用香水味儿的丝巾、那张上面有萨顿龙飞凤舞签名的签单。然后，她又仔细看了看那本《大森林里的小木屋》。封面上是一个穿着蓝色格子裙、手里拿着一个金发洋娃娃的女孩。艾玛小时候就很喜欢这本书，罗兰·英格斯·怀德书中的那些角色受尽苦难，她每次都会看得入迷，因为艾玛小时候家境不好，她能够对书中的角色感同身受，但她至少不用像拓荒者一样住在土屋里。可萨顿的车里为什么会有这样的书？她都十八岁了，还会看这种书吗？艾玛很是怀疑。

对艾玛的看法我深表赞同。光是看到那样的封面我就会哈欠连连。

艾玛拿起那本书，迅速翻看着。书散发着一股霉味儿，像是很久没有翻开过了。她翻到中间，一张明信片掉到地上。她弯腰捡了起来。那张明信片的正面印着一张普通的日落图片，下面则是两株繁茂的仙人掌。顶端用亮粉色的气泡字母写着“欢迎来到图森市”的字样。

艾玛翻到背面，发现上面用黑色的墨水写着：*市中心车站。八月三十一日上午九点半。见我。——T。*

她突然心跳加速。八月三十一日，正是萨顿遇害那天。至于那个字母T，萨顿认识的人中就是塞尔的名字以这个字母开头。看来萨顿死的那晚跟塞尔在一起。他不是离开图森市了吗？

艾玛摸着那张明信片。上面并无邮戳，不知道这张明信片的邮寄日期，也不知道是从哪里寄出来的。也许是塞尔将明信片放在信封里寄来的。也许他将这张明信片从萨顿的卧室门里塞了进去，或者夹在汽车的雨刷下面。

走廊里传来了脚步声。艾玛看着手里的明信片，一下子僵住了。起初，她想把它塞回那本书里——也许她不应该乱动证物——但在最后一刻她改变了主意，眼疾手快地将明信片塞到了自己的包里。

昆兰从门口走了进来，后面还跟了个人。艾玛起初以为又是一名警察，但她很快瞪大了眼睛。来人竟然是塞尔。她倒吸了一口凉气。塞尔用那双淡褐色的眼睛盯着地板。他颧骨高耸，好像突然瘦了很多。手腕上戴着手铐，双手合在一起，像是在祈祷。一个脏兮兮的手环紧紧勒着他的前臂，像是嵌到了他的皮肤里。

我也盯着他。光是再次见到他就让我感到莫名的刺痛。我看着他目光深邃的眼睛，凌乱的黑发，总是挂在脸上的得意的笑。他身上透着一丝性感，总让人觉得危险。也许我以前真的爱过他。

昆兰朝塞尔嘟囔了一声，将他朝桌子这边推了推。“坐下。”他命令道。

但塞尔仍然站在那里。尽管他没有看艾玛，她还是把椅子往旁边挪了挪，生怕他冲向自己。

“想必你们两个都在想我为什么让你们在这里见面。”昆兰狡黠地说，“我觉得当着你们两个的面儿说，有些事情就能说开了。”

他又从口袋里拿出一个塑料袋，伸到塞尔面前。塑料袋里放着一张长方形的纸片。“我相信这是你的，塞尔，”他说着在塞尔的鼻子底下晃了晃那个袋子，“这是我在梅塞小姐的车里找到的，你介意解释一下吗？”

塞尔瞥了一眼，摆出一副不以为然的表情，甚至连眼睛都没眨。

昆兰见状从袋子里拿出那张纸：“别装聋作哑了，小子。上面还写着你的名字呢，瞧。”

他啪的一声将塑料袋放在桌子上，指着那张纸片。艾玛探身过去。这是一张巴士汽车票，角落处还有个灰狗车站的标志。出发地是华盛顿州的西雅图，而目的地则是亚利桑那州的图森市。日期为八月三十一日。车票底部整齐的小字则是乘客的名字：塞尔·维加。

我跟艾玛同时深吸了一口气。看来我遇害那晚塞尔真的在我车里。

昆兰盯着塞尔，太阳穴上的青筋跳动着：“你八月份就回图森市了？你知道你父母有多担心你吗？你知道你的家人、朋友有多难过吗？我花了那么多时间和金钱找你，结果你却在我们眼皮底下！”

“不是这样的。”塞尔轻轻地说，沉着中透着些许不安。

昆兰将双臂抱在胸前。“那你干吗不把真相告诉我？”见塞尔没有回答，他叹了口气，“梅塞小姐车盖上的血你又作何解释？你的汽车票怎么会在她的车里？”

塞尔一瘸一拐地朝艾玛所坐的地方走去。他用手掌撑着桌子，眼睛依次扫过艾玛和昆兰。接着，他张开嘴，好像要发表什么长篇演说似的，但他最终只是耸耸肩。“对不起。”他说，声音有些沙哑，像是许久没说话了，“我真没什么好说的。”

昆兰摇摇头。“那就没机会合作了。”他嘟囔道，迅速站了起来，伸出健壮的前臂抓住塞尔的手，将他从房间里拉了出去。就在塞尔跌跌撞撞地走出门时，他回过头来，久久地盯着艾玛，眼神颇为怪异。艾玛也不甘示弱地盯着他，她的嘴唇微微张开，目光从塞尔的脸上转移到他戴着镣铐的手上，然后她又盯着那个戴在手腕上的手环。

我也看着那个手环，一种奇怪的感觉突然向我袭来。我在什么地方见过这个手环。这时，零碎的记忆依次在我脑中闪现。我看着这个手环，然后又看着塞尔的胳膊和脸，目光再次定格。更多的多米诺骨牌倒下了，脑海中闪现出越来越多的记忆。不一会儿，我有了一段完整的记忆。

Two Truths and a Lie
谎言游戏3真相不止一个

Two Truths and a Lie

谎言游戏3真相不止一个

夜行

我把车停在图森市的灰狗车站，这时，一辆银色巴士缓缓驶入停车场。我摇下车窗，一个热狗店发出的刺鼻气味飘入我那辆墨绿色的1965年产沃尔沃122中。今天下午早些时候，我从拖车场将我这辆心爱的车赎了回来。那张提车单在仪表盘上上下翻飞，上面我的签名非常醒目，日期为八月三十一日，还盖着一个红色的大印。我花了好几个星期才存够钱，交了罚款，把车从拖车场赎了回来。我才不会用信用卡交款呢，因为父母经常会检查账单。

这时，巴士的门开了，我伸长脖子，眼睛扫过兴奋的乘客：一个系着腰包的大胖子，一个听着iPod、摇头晃脑的少女，还有刚刚经历长途旅行的一家人。每个人都抱着枕头，脸上疲态尽显。我终于看到一个男生跌跌撞撞地从台阶上走下来，他一头蓬乱的黑发，连鞋带也没系。我的心怦怦直跳。塞尔看起来有些异样，跟平日相比，他的衣着有些邋遢，人也瘦了。那条他走之前我给他买的苏比牛仔裤[1]膝盖的部位已经破了，他脸上的轮廓也更加分明了，看起来似乎更适应街头生活了。我看着他扫视着停车场寻找我。看见我的车后，他飞奔过来，看起来还真有足球明星的范儿。

“你来了。”他拉开车门时大声打着招呼。

“可不。”

他钻进车里。我伸手搂住他的脖子，如饥似渴地吻他，也不在乎有没有人看到我们，就连我那个所谓的男朋友加里特看到我也毫不在意。“塞尔。”我亲昵地喊道，感觉他下巴上的胡楂儿扎着我的面颊。

“我好想你。”塞尔将我拉到近前说。他的手往下摸到了我的后腰，手指在我那条黄色的棉布短裤上端游移。“谢谢你来见我。”

“你可别想甩掉我。”我说，稍稍往后挪了挪。我看着手腕上那块儿印有鳄鱼图案的塑料表。平日里，我通常会戴父母在我十六岁时给我买的卡地亚坦克腕表，但他们不知道我其实更喜欢这块儿便宜的。这是塞尔在离开之前的最后一天在图森市的集市上为我赢来的。

“我们有多少时间？”我小声问道。

塞尔绿色的眼睛闪着光芒：“咱们可以一起待到明天晚上。”

“然后你会变成一个南瓜吗？”我戏谑道，其实我们这次相会的时间要比平时长，但我仍觉不满，“再留一天吧。我保证不会让你失望的。”我将头发拂到肩后，“我敢说，不论你之后去哪儿，都不如和我待在一起开心。”

塞尔抚摸着我的下巴：“萨顿……”

---

① 澳大利亚著名牛仔裤品牌，现改名为Ksubi，音同“苏比”。

“好吧。”我转过头去，握紧方向盘，“不要告诉我你去哪儿了。我不在乎。”我随即将收音机调到体育频道，把声音开得很大。

“不要这样。”塞尔把手放在我的手上。他的手指慢慢沿着我赤裸的手臂，一直摸到我的脖颈处，然后将手指张开。我感觉他摸得我的皮肤暖暖的。接着，他靠了过来，我的肩膀能感觉到他的气息。有股薄荷味，像是他在来这里的路上嚼了一整包口香糖。“咱们就这么一天时间，我可不想跟你吵架。”

我面对着他，感觉喉咙有些哽咽，我讨厌这样的感觉：“没有你的日子真的很难过。已经好几个月了。你之前说这次回来就永远不走了。”

“我会留下来的，萨顿，你得相信我。但现在还不行，还不是时候。”

“为什么？”我想这么问来着，但我答应他不问的。他无论去到哪里都会来看我，我应该为此感到高兴，尽管只有短短的二十四小时。他的行踪本是极其保密的，这样回来是巨大的冒险。许多人都在找他。如果他们知道他在这儿却不跟他们联系，那些人准会气坏。

“咱们今天去个特别的地方。”塞尔摸着我腿上的一个图案说，“要我来开车吗？”

“想得美！”我开玩笑道，看着后视镜，发动了引擎。我的心情一下就好了。现在纠结我不知道的事情，或是幻想我们的未来如何没有必要。我跟塞尔有二十四小时的快乐时光，这才是最要紧的。

我开车驶出车站的停车场，把车开到主干道上。两个跟我们年纪差不多大、穿着毛边牛仔短裤、手里拽着行李袋的年轻人站在一丛沙漠金雀花旁边，希望能搭上便车。远处便是卡塔里纳山的塔楼。“咱们晚上去远足怎么样？”我问道，“这个季节谁都不会出来旅行——到时候整座山都是咱们的。”

塞尔点点头，我将收音机调到爵士频道，电台发出沙沙的声音。车里飘荡着萨克斯音乐。我想换个台，但塞尔制止了我。

“别换了。”他说，“这样的音乐倒是符合我现在的心情。”

“敢问你现在什么心情呀？”我问道，狡黠地用眼角余光看着他。我把食指放在唇上敲打着，好像在努力思考问题。“我觉得我能猜个八九不离十。”

“你倒想，萨顿。”他说着得意地笑了笑。

我也笑了，手伸过座位打在他的胳膊上。

接下来前往萨比诺峡谷的路上，我们都很安静。我把两边的车窗摇了下来，风吹拂着我们的脸。我们依次经过一个叫国会俱乐部的咖啡店——那里打出了晚间读书活动和即兴表演式聚会的广告、一个名为“脏狗之家”的狗美容店以及一个冰激凌店，外面的霓虹灯招牌上写着“圣代冰激凌，口味随君选”。我们沿着空旷的公路一路往前行驶，塞尔伸手牵着我那只腾出来的手。远处的仙人掌伸进公路，空气中弥漫着野花的芳香。

我们往上朝通往峡谷的泥土路行驶，随后把车停在了一堆金属垃圾桶旁边的隐秘处。夜空一片漆黑，月亮就像一个发光的圆盘，高高地悬挂在我们头顶。我们从车里出来，空气仍然很暖和，但也有些沉闷。我们很快找到了那条通往瞭望台的蜿蜒小道的入口，一路往前走去，塞尔的手轻轻拂过我的肩膀，顺着脊椎往下移动，停在我的后腰上。他的手放在我身上，我感觉皮肤有些发烫。但我咬着嘴唇，愣是没转身吻他——尽管我早已把持不住。时间越久，那种甜蜜的感觉越发难以拒绝。

我们一路无言，往满是碎石的小道上走去。其实，公园在晚上一般是关闭的，这会儿一个人影也没瞧见。微风吹过，我打了个哆嗦。大石头在月光的照耀下露出清晰的轮廓。又过了一分钟，我突然听到树枝断裂的声音，紧跟着又传来一个声音，像是有人在叹息。我顿时僵住了。“什么情况？”

塞尔也停了下来，眯缝着眼睛望向黑暗的地方：“可能是动物吧。”

我又往前走了一步，再次谨慎地回头望去，但我并没有看到人。没人跟踪我们。没人知道塞尔在这儿……也不会有人知道我跟他在一起。

我们很快到达了瞭望台。从那里可以俯瞰图森市的全貌，下面华光璀璨。“哇。”塞尔低语道，“你怎么找到这里的？”

“我以前跟我爸来过这里。”我指着悬崖下面危险的地方说，“我们以前会将一床小毯子放在那里，带上便当来这里露营。我爸特别喜欢观察鸟，连我也受他影响了。”

“听起来蛮有意思的。”塞尔语带讽刺地说。

我对着他的胳膊就是一拳。“本来就是嘛。”一种悲怆的感觉突然在我心头涌起。我记得爸爸会把我放在这里一块突出的岩石上，将紫色的水壶递给我，那是我小学期间唯一用过的水壶。我们会碰碰水壶，假装祝酒。“为萨顿干杯，”爸爸会这么说，“自1962年以来，在穿过萨比诺峡谷的拓荒者中，就属她最敏捷。”我会用我那紫色的水壶敲敲他的水壶，说：“为爸爸干杯！虽然你的头发已经花白，但你仍然是这一带最快的爬山高手！”我们大笑，笑我们的祝酒词越来越不靠谱儿了。

我感觉我和爸爸许久没有那么亲近过了，我知道我们两个都难辞其咎。那天，我抬头看着黑暗中点缀着的繁星，下定决心努力和他好好相处。也许我们之间的关系能恢复如初。

我小心地站在岩石边缘。“爸爸只给我定了一条规矩。”我继续说，“他不让我站在离岩石边缘太近的地方。很多传言都说有人从这边掉了下去。即使借助绳索也没法儿下去找回他们的尸体，因为坡度太陡了。下面有很多骸骨。”

“别担心。”塞尔抱紧我说，“我不会让你掉下去的。”

听到这样的话，我的心瞬间融化了。我探身过去，将唇紧紧贴在他的唇上。他搂着我的腰，将我拉到近前。他迎着我的吻，抚摸着我的头发。

“不要再离开我了。”我忍不住央求道，“不管你藏在哪儿，都不要再躲了。”

他吻着我的面颊，将我稍稍推开，看着我。“我现在没法儿解释。”他说，“但我现在不能待在这里。不过我向你保证，我不会躲一辈子的。”

他捧着我的下巴。我希望自己能够理解他，希望自己坚强。但太难了。这时我注意到他手腕上戴着一个白色的编织手环。“这是哪儿来的？”我问，两个手指头捏着那粗糙的麻绳。

塞尔耸耸肩，没有理会我的目光：“玛丽亚为我做的。”

“玛丽亚？”我僵住了，“她漂亮吗？”

“她只是我朋友。”塞尔粗声粗气地说。

“什么朋友？”我步步紧逼，“你在哪儿认识她的？”

我感觉他灰色T恤下的肌肉一紧。“这不重要。对了，加里特怎么样了？”他以极其厌恶的口吻说出了加里特的名字。

我转过身去，心里满是愧疚。其实，从某种程度而言，我也爱加里特。他是个不错的男朋友。而且跟神龙见首不见尾的塞尔不同，他就在图森市。但我也不知道什么原因，就是想亲近塞尔，我喜欢跟他这样偷偷摸摸的。不管搬出什么样的理由，我就是没办法罢手。

塞尔往我身边挪了挪。“等下次我回来后，咱们之间的关系会改善吗？”他小声问道，手紧紧地抓着我的髋骨。

我们的身体贴得很近。当时，我的注意力全都在他丰盈的下嘴唇上，真想知道如何回答他。当我跟他在一起的时候，我的心里只有他。但我不能否认，我们俩的关系之所以可以维持，部分原因就在于我们不会泄露这个秘密。

“我也想，但现在不知道。”我小声说，“咱们中间还插着罗伦。天知道麦德琳会怎么看这事儿……好复杂呀，你不觉得吗？”

塞尔松开了我，踢着一根掉在地上的树枝。“是你一直求我，让我回来。”他又用那种冷冰冰的、绝情的语气说。

“塞尔。”我抗议道，“咱们说好不吵架的，还记得吗？”

但是他甚至都不愿意看我了。他低声嘟囔着什么。突然，他猛地踢了一脚，脚指头跟一块大石头碰撞后发出响亮的声音。

“你是想把脚踢断了才好吗？”我大声说。塞尔没有回答。我往前走了一步，将手放在他的肩膀上，希望能安慰他。“塞尔，听着，我很希望你在这儿。我想你想得都快疯了。但现在将我们的感情公之于众时机并不成熟。”

塞尔转过身来。“真的吗，萨顿？”他生气地说，“真遗憾我们的关系竟然不如你的面子重要。”

我抓住他的手说：“我不是这个意思。我只是说……”

“够了。”他嘴唇紧闭，“也许我回来就是个错误。我受够了。”

他将手挣脱，眼睛更显得黑。我转过身背对着他，心突然跳到嗓子眼儿了。我从没见过塞尔这样。看着他让我想起了他那个脾气暴躁、喜怒无常的父亲。

蟋蟀在远处发出嘱嘱声。一些碎卵石从山崖上滚落下去。我站在山顶边缘，跟一个连自己的行踪都不愿意告诉我的男生一起，直到这个时候我才意识到自己有多孤独、多脆弱。这段时间塞尔干了什么，我又了解多少？我还听说了关于他的很多谣言，特别是还有人说他在图森市陷入了大麻烦，做过一些危险的事情。要是有些谣言是真的呢？

接下来，我又意识到自己的害怕有多荒唐。我们之间的感情是那样特殊，塞尔断然不会伤害我。我闭上眼睛，张开手指，感受凉爽的山风。如果我能理清思路，也许我能解释现在的感觉，我为什么觉得现在不能公开我跟塞尔的感情？我长叹了一口气，睁开眼睛，但塞尔已经不见了踪影。

我环顾左右，但四周一片漆黑。“塞尔？”我大声喊道。

几英尺远的地方突然响起了刮擦声。“塞尔？”我再次喊道。但没人回答。

一个影子突然从树丛中穿过，远处像是有什么东西蹦跳着，响起一阵飒飒声。我感到全身战栗。“塞尔？”

我突然只想下山。我再次转身，准备沿着小路朝我停车的地方走去，但一只手紧紧地抓住了我的胳膊。恐惧的感觉向我袭来。我脖颈后面感觉到了人的气息，但还没等我喊出声来，我也没来得及转头看看那人是谁，我的记忆就突然模糊了，脑中一片空白。

Chapter 8

Two Truths and a Lie

谎言游戏3真相不止一个

何去何从

艾玛一个人坐在审讯室里，等着昆兰回来。她深吸了一口气，强迫自己冷静下来。她刚才的重大发现再次像浪潮一样向她袭来。萨顿遇害那晚塞尔曾在她的车内待过，而车上的血是萨顿的无疑。她已经知道姐姐是怎么死的了吗？

我也禁不住猜测她是否真的找到了答案。刚才的记忆像霓虹灯一样在我脑中不停闪烁。塞尔脸上狂怒的表情。我独自一人在小路上的那种恐惧感。警察在萨比诺峡谷找到的我那辆带血的车——我和塞尔那晚去的正是萨比诺峡谷。我记起了我们那次激烈的争吵。一只手放在我的肩膀上。就在这时，我的记忆消失了……

艾玛几乎还没来得及平复自己的情绪，昆兰就铁青着脸回来了。他把手一挥，示意艾玛站起来："得了，算我投降了。既然你们两个不愿意讲出真相，留在这儿也只是浪费我的时间。你走吧。”

他用一只脚把门踢开，指了指走廊。艾玛茫然地跟着昆兰警探朝前台走去。前面那个房间的灯光特别亮，艾玛感觉有些头痛。她想问昆兰自己什么时候可以要回萨顿的车，或者问问警察什么时候告诉她上面的血迹是谁的。但昆兰砰的一声把接待区的门重重地关上了，她没有来得及问。艾玛透过一扇小窗看着昆兰慢腾腾地回到走廊，他把手插在口袋里，手铐在皮带上叮当作响。

好吧，她可以走了吗？艾玛用力咽了咽唾液，穿过大厅，推开进入停车场的那扇玻璃门。她在警局差不多待了一个小时。太阳已经落山，凉风袭来。艾玛双臂紧紧地贴在那件贴身背心上，希望身子能暖和些，但是她很是怀疑，见过塞尔后，即使最温暖的毛衣也没办法驱散她身上那种冰冷刺骨的寒意。

她拿出萨顿的iPhone，给伊森发了条短信。你能来接我吗？她很快打出这些字，真希望他已经陪他妈妈看完了医生。

幸运的是，几分钟后那边回了短信。你在哪儿？

警局。艾玛很快回了短信。

这两个字一下引起了伊森的注意，他迅速回了短信。

什么？我马上来。

艾玛坐了下来，等着伊森。两辆黑白色的警车从停车场里疾驰而去，警报声呼呼作响。警局的门开了，两个警察走到门外抽烟。他们怀疑地看着她，也许认出了她。其中一个警察对另一个说着什么，听着好像跟塞尔有关。

她想起塞尔在审讯室里僵硬的表情。当时昆兰要他解释，但他一句话也没说。是因为他做过什么让他愧疚的事情吗？萨顿真的是他杀害的吗？难道八月三十一日他回图森市的目的就是杀萨顿吗？要么他回去是为了和她共度美好的时光，后来却没控制住自己的情绪？也许他们真的吵架了，也许萨顿说了什么伤害他的话，也许塞尔抢了萨顿的车钥匙，开车把她撞死了，然后将车藏于萨比诺峡谷，但他到底将萨顿的尸体藏在哪儿？如果尸体在车里，昆兰肯定会说的。

尽管我已没有身体，我的灵魂仍然不希望塞尔是杀害我的凶手。根据我脑海中浮现的短暂记忆判断，我和塞尔之间有着非常特殊的关系。而且我从来不是那种会求男生留下来陪我的女生，也不会因为哪个女生送一条愚蠢的手环给某位男生就醋意大发。如果塞尔真想杀我，我肯定不会察觉。我曾深深地爱着他。

但是，我突然想起一件事情：塞尔坐着我的车离开车站时，他步伐稳健，步态优美。他的脚根本没有跛。不管他的脚出了什么问题，肯定都是在这之后出的事儿。也许他是在逃避警方的追捕时受的伤，也许他是在将尸体往黑暗的地方藏匿时受的伤。

伊森将那辆鲜红色的破本田车停在警局门口。艾玛跑向他，打开车门，坐在皮质座椅上。车里的收音机正大声播放着雷蒙斯①的歌。尽管艾玛以为伊森不抽烟，但车里闻着有股淡淡的烟味儿。她转头面对着他，看着他那双淡蓝色的眼睛，以及他高高的颧骨上晒成褐色的光滑皮肤。“见到你我从没这么开心过。”她脱口而出。

伊森抓紧她的手：“出什么事儿了？”

“你先让我离开这儿再说吧。”艾玛将安全带拉过大腿，系紧了，背重重地靠在破损的垫子上。

---

① 美国第一支朋克乐队。

伊森将车驶出停车场，艾玛把她这次来警局的来龙去脉解释给伊森听了。“明信片和车票证明，萨顿遇害那晚，塞尔曾在她的车里待过。”她推断道，“我已经决定了。下次我一定要单独找塞尔谈谈，弄清楚究竟发生了什么事儿。只有这样才能找出真相。”

伊森先是将车停在一块停车标志前，然后将车在路旁停定。两个十二三岁的女孩骑着两匹阿帕卢萨马从路肩上走过。她们的西部马鞍[①]上有反射条纹，伊森把车倒了过来，让出更多空间。“你疯了吗？”他问，“他可是害死萨顿的凶手，你这不是自投罗网吗？”

艾玛有所顾虑地耸耸肩：“这是找到答案最好的办法。我不会告诉他我正在调查他。到时候我还会假装自己就是萨顿，假装不知道背后都是他捣的鬼。”

“你不是亲耳听到过别人是怎么说他的吗？”伊森重重地拍打着方向盘，“这样做根本没有任何意义。太危险了。你不知道面前的对手是谁。塞尔是共谋，他和萨顿一样，有颠倒黑白的本事。他会在警察面前摆你一道。你知道到时候会有什么后果。”他有些急迫地说，“你现在代替的是萨顿的生活，所有人都会认为是你杀了萨顿，这样你就可以以她的身份活着了。”

“塞尔今天在警局就有机会这么做了，可他并没有。”艾玛提醒道。

“他能做出更加疯狂的事儿来。”伊森说，用手捋了捋那头乌黑的头发，“他一旦出狱，肯定不会放过你。”

艾玛透过车窗向外望去，看着空无一人的马路上沿途的街灯。

---

① 美国西部牛仔用的一种重型马鞍。

她不愿意去想这种可能性。她只希望塞尔永远不要出来。不过，她也不喜欢伊森刚才的语气。也许他那样说只是想保护她，但是在过去的十三年中，从来没有人关心过艾玛，现在有人——特别是她男朋友对她指手画脚，让她莫名地反感，男朋友应该支持她才对呀。

“你不了解塞尔。”伊森劝道，“他脾气十分暴躁，就跟他爸一样。”

艾玛愠怒地看了他一眼：“你觉得我没办法应付他的坏脾气？我不是萨顿，伊森。我可不是在蜜罐中长大的。我从小就寄人篱下，经常有人对我大呼小叫。我被亲生母亲抛弃了，没你想象的那么脆弱。”

“你用不着生气。”伊森抗议道。

“我只是不明白你为什么不支持我。我以为你跟我一样，一心想找到害死萨顿的凶手。”

“我不想你受到伤害。”伊森争辩道，一脸严肃。

“那好，少用大人的口吻来教训我。”艾玛阴沉着脸说。

伊森难以置信地抽了抽鼻子。两人沉默了一阵儿，开着车在黑漆漆的街道上行驶，经过一排土坯房和满是碎石的草坪。一个自行车后座上放着电筒的男孩骑车经过，肩膀摇晃个不停。

“我只希望你不要受伤。”伊森忍不住说，“不要去看他了好吗？至少为我想想。也许咱们还有别的办法弄清楚那晚发生了什么事情。到时候把确凿的证据交到警察面前。”

艾玛叹了口气。伊森叫她不要去冒险探监是对的。她也承认，光是想着跟塞尔面对面就让她感到恐惧。“那好吧。我再花几天时间调查下。但要是还是没什么进展的话，我就只能去找塞尔了。”

艾玛也许还有点儿不情愿，我倒是迫不及待想听听他有什么可说的。

Chapter 9

Two Truths and a Lie

谎言游戏3真相不止一个

星空的记忆

“萨顿？”伊森将她放下车后，艾玛急匆匆地回到家中，梅塞夫人大声喊道，“你都没赶上晚饭！”

“呃，是的。网球比赛后我还有点儿事儿。”艾玛上楼的时候含糊地回答道。

她听到梅塞夫人的脚步声在大厅里响起：“我帮你把一盘菜放在微波炉里怎么样？”

“好的。”艾玛说着逃也似的跑进了萨顿的房间。倒不是她不知道微波炉是什么东西，她现在只是不想跟梅塞夫人说话。只要看一眼艾玛脸上魂不守舍的表情，梅塞夫人就肯定知道出事儿了。

艾玛关上了萨顿卧室的门，环顾了一下四周，想尽量回过神来。*不要慌，艾玛*，她在心里鼓励自己。由于太紧张了，她都没办法为今天晚上发生的事儿拟个标题。要怎样做才能更多地了解塞尔，了解他跟萨顿的关系呢？他们只是特别要好吗？还是经常在私底下幽会？萨顿遇害那晚，他们为什么会偷偷见面？如果塞尔是八月三十一日那天晚上回的图森市，那他要么是最后一个见过萨顿的人，要么就是凶手。可这段时间他都躲在哪里？他为什么现在又回来了？她怎样才能既不直接问他，也不暴露自己的真实身份，又能找到这些问题的答案？

艾玛希望萨顿的房间里能有线索，但她自从来到这里后就仔细搜寻过多次。她在这里找到了谎言游戏的有关信息，其中就包括萨顿等人经常用恶作剧整蛊人的事情，而且她们还曾经把人弄伤了。她还检查了萨顿的Facebook页面和电邮。她甚至看了萨顿的日记，但就连日记本里也没什么线索，不是一些没什么意义的文字，就是只有她们那个小圈子才能看懂的笑话。虽然她很想找到证据，但证据不会从天而降。

要是可能的话，我真希望把我的思想传到艾玛的脑子里，让她知道我一直在跟塞尔恋爱，我遇害那晚我们曾一起远足。人死了之后不能跟活着的人交流，一点儿也不好。

艾玛打开萨顿的苹果笔记本电脑，找到灰狗车站的网站，重新研究西雅图和图森市的灰狗车站巴士的上落点。这是超过一天的长途旅行，在中途萨克拉门托①还要换司机。

她拨打了网站的客服电话，等了差不多十分钟，电话那头一直在播放布兰妮的音乐。最后，一个操南方口音的女声甜甜地回了电话。艾玛清了清嗓子，定了定神，开始说起来。

“我真希望你们能帮帮我。”艾玛假装用焦急的口吻说，“我哥离家出走了，我想他乘坐贵公司的车离开了图森市。你能不能告诉我他有

① 萨克拉门托：位于美国加利福尼亚中部、萨克拉门托河流域的城市。

没有买票？是九月初的事儿了。”她不敢相信这样的谎言自己也能信手拈来，她之前根本没有准备过。但她说得特别自然，连她自己也颇感惊讶。她记得以前贝基就经常玩儿这样的把戏：如果她想脱身，她就会一把鼻涕一把泪地求人家。有一次，她们在国际松饼屋买东西付不起钱，贝基拖着那个侍者，讲起了她冗长的悲惨史，说一定是她那游手好闲的丈夫私自掏空了她的钱包。艾玛当时就挨着她坐在售货亭里，瞪着眼睛看着妈妈，每次她想小声纠正贝基，她都会在桌子底下用力踢她。

电话那头那个女人咳嗽了一声：“呃，这件事我可能帮不上忙，亲爱的。”

“真不好意思。”艾玛带着哭腔说，“我真的不知道还能找谁帮忙。我和我哥关系特别好，他走了以后我都崩溃了，我担心他遇到了危险。”

女人犹豫了一阵儿，艾玛知道她心软了。最后，女人叹气道：“你哥哥叫什么名字？”

搞定。艾玛忍住没笑：“他叫塞尔，塞尔·维加。”

电话里响起了敲击声：“小姐，我这上面显示他是八月三十一日乘坐早上九点从西雅图开往图森市的巴士，但系统中只有这一条他的记录。”

艾玛有些泄气，将电话换到另一只耳朵：“你确定吗？也许他去了别的城市，比如凤凰城，或者旗杆镇呢？”

“都有可能。”女人回答道，“我这里只有这条原始的线路显示了他的名字，因为他是在网上订的票。他可以在任何一个车站付现金，这样我们就没办法知道他的去向了。”

对于这样的信息艾玛完全能够接受：“有什么办法可以看到他在哪里上网订票的吗？IP地址行吗？”

那边停顿了很久："没有，我没有这个能耐。而且我之前就已经违规了……"

想到已经获得了自己想要的信息，艾玛对女人道了谢，挂断了电话。她知道拨打灰狗车站的电话不大可能获得她想要的信息，不过他们至少向她透露了一部分，她觉得很幸运。

艾玛关掉笔记本，手摸着电脑光滑、闪亮的表面。她突然感觉四面墙像是正朝她压过来。她把笔记本放在桌子上，穿着萨顿那双平底鞋，噌噌下了楼。

外面夜色已经降临，房子里又冷又黑，一点儿声音都没有。艾玛也不知道梅塞一家去哪儿了——这个时候上床也早了点儿。她走到空荡荡的门厅，脚步声在土褐色的地板砖上响起，她随后走进厨房，空气中弥漫着一股浓郁的烤土豆和烤牛肉的香味儿。烤炉仍是开着的，艾玛隐约看到房间远处的低矮隔间里摆着一盘饭菜。她不由得有些感动。以前，从没有哪个养父母会为她留饭菜。大多数情况下她只能自己照顾自己。

但她现在并不饿。艾玛走过厨房，来到梅塞家房子后面红色瓷砖铺就的露台上。晚上瓷砖有些凉，在温暖的白天过后再来到这里，感觉就像泡完热水澡后跳入凉爽的泳池。她从草皮最黑暗的角落里拉来一把躺椅，然后四仰八叉地躺在上面。每次在户外，她的思路都最清晰。

深蓝色的夜空繁星闪耀，就像明亮的圣诞灯在遥远的地方闪烁。艾玛在外面坐了很久，入神地望着天空。上次在网上发现"勒杀"萨顿的视频后，她也做了同样的事儿，当时她还住在拉斯维加斯。贝基抛弃她不久后，她将几颗最喜欢的星星命名为"妈妈星""爸爸星"和"艾玛星"，她希望有朝一日，她真正的家人能跟天空中的星星一样，在地上重聚。她根本没有料到，不久以后，自己的人生会发生如此翻天覆地的变化。她发现自己多了一个姐姐，这可是她梦寐以求的事儿。虽然历经曲折，但她还有了一个家。她甚至还有个男朋友。但她并不希望以这种方式获得这一切。

“你在外面干什么？”

艾玛吓了一跳，转过身来。梅塞夫人推上身后的玻璃门，和艾玛一起待在院子里。她赤着脚，一头黑发垂在肩上，细长的脖子上系着一条洋红色的开司米围巾。

艾玛坐了起来：“我在看星星。”

梅塞夫人笑了：“你小时候最喜欢看星星了。你还记得你用自己的名字给星星命名的事儿吗？你还说别人可以用自己的名字给星星取名，仅仅是因为他们比你早出生几千年，这不公平。”

“我给星星取名字了？”艾玛坐直了，惊讶地问道，“我都取了什么名字？”

“并不是很特别的名字。天上有你命名的‘妈妈星’‘爸爸星’‘罗伦星’‘萨顿星’。还有‘E星座’，是以你最喜欢的洋娃娃命名的。”梅塞夫人指着西边的群星说，“我觉得那边那几颗星星就是了，看到了吗？它们组成了字母E。你小时候可喜欢了。”

艾玛目瞪口呆地看着天空。没错，那六颗星星恰好组成了一个超大的大写字母E。

一丝寒意掠过她的脊背。萨顿选择的星星竟然跟她的一样。她知道萨顿以前有个叫E的洋娃娃，也许这个E就代表艾玛[①]。但萨顿竟然

---

① 艾玛的英文名为Emma。

跟她关注一样的星星，甚至也给它们取了名字，这简直太诡异了。这难道就是所谓的双胞胎感应吗？萨顿在内心深处意识到艾玛的存在了吗？同样，艾玛的内心深处也意识到萨顿的存在了吗？

如果她和萨顿不分开，她的生活会怎样？这个问题艾玛想过无数遍了。两姐妹会要好吗？贝基发脾气的时候，她们会互相帮助，不挨妈妈的责骂吗？她们会被一同寄养还是分开寄养呢？

我也忍不住这样想。如果我必须同艾玛一起长大，有个孪生妹妹照顾我，我现在会不会还活着？

梅塞夫人坐在另一把躺椅上，双手抱在脑后："我能问你些问题吗？你可不能生气。"

艾玛一下子僵住了。其实她现在并不想打探什么消息，她已经从昆兰那里听到足够多的消息了。"呃，行吧。"

"你跟你妹妹到底怎么啦？"梅塞夫人又往后挪了挪椅子，"自从星期五那晚后，你们一见面就掐。"

艾玛不再望着天空了，而是看着自己的指甲。"我也想知道原因。"她颇感孤独地说。

"你们上个星期看起来关系蛮不错。"梅塞夫人轻声说，"你们还一起参加了返校节舞会，那天吃晚饭的时候还聊天来着，也没跟平常一样为一些愚蠢的事情吵架。"她清了清嗓子说，"是因为我的原因，还是因为塞尔出现在你的卧室里让事情变成了这样？"

光是听到塞尔的名字，艾玛的皮肤就感到一阵刺痛。"也许吧。"她承认道，"我觉得她……有些不可理喻。但那晚真不是我叫他来的。"

梅塞夫人咬着下嘴唇，想了想："萨顿，你知道罗伦也是爱你的，但你的确不是容易相处的姐姐。”

“什么意思？”艾玛问道。她双腿交叉，往梅塞夫人那边挪了挪。这时突然刮起一阵大风，吹乱了艾玛的头发，吹得她的鼻子没了知觉。

是啊，我愤愤地想，到底什么意思，妈妈？

“你漂亮、聪明，什么东西似乎都能轻易到手，比如朋友、男朋友、出色的网球技术……”梅塞夫人往前探了探身子，将一绺头发拂到耳朵后面，“塞尔也许是罗伦最好的朋友，但谁都知道他看你的眼神和一般人很不一样。”

艾玛感觉喉咙里憋着一口气。梅塞夫人知道萨顿和塞尔之间的关系吗？“呃……他是怎么看我的？”

梅塞夫人端详了一下艾玛，但艾玛的表情并没有泄露什么：“看起来像是他愿意不惜一切代价跟你在一起。”

艾玛等着梅塞夫人继续往下说，但她不出声了。她希望梅塞夫人能说得具体些，但她又不能直接问她：对了，我以前是不是跟塞尔秘密约会来着？你觉得他是不是一时没控制住自己的情绪，把我杀了？

梅塞夫人的嘴角扬起一抹淡淡的微笑：“你爸以前也是这么看我的。”

“妈，真不害臊。”艾玛做了个鬼脸，知道萨顿也会做出这样的反应。但梅塞夫人把自己和丈夫的情史告诉她，艾玛暗地里很高兴。听到两个成年人这般相爱，当年那么想要孩子，为了给孩子最好的生活，他们愿意付出一切，艾玛感觉非常好。她以前从来没遇见过这样的人。

“什么？”梅塞夫人的手无意碰到了自己的胸部，“我们跟你一样，也曾年轻过。不过，那是很久很久以前的事儿了。”

艾玛看着梅塞夫人眼角细细的皱纹和刚染的头发。她来这里以后才发现萨顿的父母是在快四十岁的时候收养的她，当时他们已经结婚快二十年了。这跟贝基形成了鲜明的对比，她曾在艾玛面前吹嘘自己是个“年轻的酷妈”，她仅仅比艾玛大十七岁，但到头来她更像是艾玛任性不羁的姐姐。

“等了这么久终于要到孩子了，你开心吗？”艾玛终究没能忍住，脱口问道。梅塞夫人神色一紧。这时，一只啄木鸟在附近的一棵树上发出清晰的声音。街那头一辆车刚刚发动。天空中一片云彩飘过，遮住了月亮，天色顿时暗了下来。最后，梅塞夫人小声说：“我不知道该不该用‘高兴’这个词儿。但有了你和罗伦，我每天都心存感激。如果你们出了什么事儿，我就会不知道该怎么办。”

艾玛不安地挪了挪身体，一丝愧疚感像老虎钳一样夹着她。每当这种时候，艾玛都会因为自己把这个天大的秘密瞒着萨顿的家人而愧疚不已。他们的女儿被人谋杀了，每过一天，找到杀害她的凶手的机会就渺茫一点儿。当初艾玛来到图森市，她曾怀着这样的希望：萨顿的父母也能收养她，让她跟萨顿和罗伦一起完成高三的学业。真是讽刺，如今她的愿望竟然实现了。他们发现真相后会怎么对她呢？肯定会将她扫地出门。他们没准儿还会报警。

她真的很希望能够向梅塞夫人坦白，告诉她她的女儿萨顿遭遇了不测，但她知道自己根本不能这么做。伊森说得对，她不能向任何人透露自己的身份，现在还不行。

门再次开了，又有一个人来到露台上。罗伦那头卷曲的金发正对着屋顶的灯光：“你们在这里干什么？”

“看星星，”梅塞夫人欢快地说，“跟我们一起看呀！”

罗伦犹豫了一阵儿，然后经过草坪朝她们走来。梅塞夫人用胳膊肘推了推艾玛，好像在说，看！机会来了，跟妹妹和好吧！罗伦低着头，挨着她妈坐了下来。梅塞夫人探身过去，开始帮罗伦编辫子。

“你们在看星星啊？”罗伦满是怀疑地问道。

“呃，哈哈。”梅塞夫人尖声说，“我刚才还在跟萨顿说我有多爱你们两个，有多希望你们两个能够好好相处。”

尽管外面非常黑，艾玛还是能看到罗伦拉长着脸。

梅塞夫人清了清嗓子，显然不甘心就这么放弃：“现在不是挺好的吗，我们三个人一起消磨时光？”

“嗯啦。”罗伦不情愿地嘟囔道，仍然不愿意看艾玛。

“也许你们俩真能冰释前嫌呢？”梅塞夫人继续追问道。

看得出来，罗伦的肩膀十分僵硬。不一会儿，她站了起来，双手抱在胸前。“我想起我还有家庭作业要做。”她嘟囔着朝门边走去，好像急不可耐地想逃离艾玛似的。

罗伦砰的一声关上了门。梅塞夫人的表情十分沮丧，好像她真的觉得自己的努力应该有所回报。艾玛叹了口气，再次盯着她的星星。她选了离“妈妈星”“爸爸星”和“艾玛星”最近的两颗星，分别命名为“萨顿星”和“罗伦星”，希望天空中挨着的星星能让她和罗伦的关系恢复如初。

但看着罗伦脸上厌恶的表情，我感觉真的很不容易。并且艾玛应该知道——尽管那些星星看上去挨得很近，但它们之间隔着亿万光年的距离。

Chapter 10

Two Truths and a Lie

谎言游戏3真相不止一个

报复

第二天，上课铃响后，艾玛抓起英文课本，加入了大厅里学生的人流大潮。她正要拐弯朝美术大楼走去，听到有人在议论萨顿，感觉有不少人正往她这边看过来。

“她和塞尔……”

“你们知道是她把塞尔逼走的吗？”

“一个月以后他就要受审了。这段时间他会一直待在监狱里吗？”

这时，一个头发挑染、鼻子上翘的女篮球队员好奇地看了艾玛一眼，然后往一个梳着小辫儿的男生身边凑过去，两人窃笑着。艾玛有些畏缩，但还是高昂着头。小时候，很多学校的学生都会用奇怪的眼神看她，她早就见怪不怪了。事实上，如果路人对她的廉价衣服指指点点，或者说她是寄养的孩子，她还想出了一套言辞锋利的反击的话。她把这些策略写在日记本中，而且每次都会带在身上，就像那些外国游客随身携带英语翻译手册一样。可她从来不敢用里面的策略，要是萨顿，一准儿会用。

突然，休息室远端什么东西吸引了艾玛的注意。门边摆着一张长长的桌子，一排学生站在前面，像是在上面签名。人群散开后，艾玛看到罗伦和麦德琳坐在椅子上，两人都穿着黑色的T恤，胸部位置印着几个白色的字。艾玛眯缝着眼睛看了看，简直不敢相信，上面写着“释放塞尔”。

好奇心驱使，艾玛不由自主地朝桌旁走去。“哦，嘿，萨顿！”麦德琳用甜甜的声音喊道，“我们马上可以吃午饭了。”

“你们在弄什么？”艾玛指着那块儿那群学生在上面签名的写字板问道。

“没什么。”一个穿棒球服的男生刚签好名，罗伦就将那块儿写字板一把抢了过去，用手遮住，“你不会感兴趣的。”

“她应该会感兴趣的。”麦德琳压低嗓门儿说，“毕竟塞尔现在处于这样的境地就是她造成的。”

麦德琳将写字板往艾玛这边推了过来。写字板最上面写着“释放塞尔·维加请愿书”，页面下端已经有很多学生歪歪斜斜地签名了。那里还有个罐子，上面贴着“保释金”的字样，里面有一美元、五美元、十美元的纸币，甚至还有一两张纸币的面值是二十美元。

“要捐款吗，萨顿？”麦德琳轻快地说，声音有些尖锐，“一万五千美元可不是小数目，我们来者不拒。塞尔不可能在监狱里挺到下个月，我们得尽快把他保释出来。”

艾玛用舌头舔了舔牙齿。她现在之所以还能保持镇定就是因为塞尔在审讯之前会一直待在监狱里，可她不能告诉小麦和罗伦。要是她明天穿着一件上面写有"塞尔可能杀了我失散多年的孪生姐姐"的衬衣，指不定会发生什么事儿，她想。

她抬头望去，发现罗伦正盯着她，想起了梅塞夫人对她说的话：你的确不是容易相处的姐姐。艾玛只想知道为什么塞尔回来后罗伦会气成这样。难道是因为塞尔进了萨顿的房间，而没有去找罗伦吗？罗伦是为这个醋意大发吗？还是因为她知道塞尔爱的是萨顿？也许她觉得是萨顿把塞尔从她身边夺走了。

但是，也许困扰罗伦的是别的事儿——保不齐是我和艾玛完全想不到的事情。

说来幸运，就在艾玛绞尽脑汁地想怎样才能不在请愿书上签名时，夏洛特出现了，她一下搂住了艾玛的肩膀。"走吧，美女们。再忙也得吃饭吧。"她向麦德琳和罗伦大声打着招呼，"我给大伙儿占了咱们最喜欢的午餐桌。"

麦德琳和罗伦耸耸肩，将请愿书和标语条幅塞进皮包，站了起来。夏洛特一路无言，领着她们来到咖啡馆外面的大庭院。她们周围全是盛开的沙漠之花，蜂鸟掠过挂在篱笆上的雏菊形状的喂鸟器。她们旁边的桌子边，一群穿着乐队服的女孩正对着iPad（苹果平板电脑）上的图片咯咯地笑着；另一张桌子边，几个呆头呆脑的新生正把草浆包装纸往彼此的身上吹；一群瘦得皮包骨的女孩坐在灰泥墙边，小口小口地抿着希腊酸奶。

气氛有些紧张，这时突然响起一串尖锐的笑声，艾玛转头一看，发现推特姐妹正往这边走来。加布穿着一条紧身长裤，上面饰以螺纹带，还扎着一块与之相称的头巾。她上身穿着一件石灰绿的有领衬衫，珠光色的纽扣之间一条精细的链子格外打眼，上面还装饰着一块桃红色的小珊瑚。而莉莉的穿戴跟科特妮·洛芙[1]有几分相似。她穿着一条由无数别针钩在一起的超短格子裙，下面是一条破破烂烂的黑色连裤袜，上身是一件黑色露肩衣服，露出长长的乳沟。

“你们好，美女们。”加布说，用食指捻着一绺长长的金发。

“嘿。”麦德琳随意地打了声招呼。

“看到我们你们怎么一点儿也不兴奋？”莉莉嗔怪道。

罗伦翻了翻白眼儿，将一块寿司浸在酱油中。

推特姐妹重重地坐了下来，打开午餐袋。两人都带来了有机草莓酸奶和一根香蕉。“对了，几位美女，”莉莉边说边剥香蕉皮，“现在我们算是正式加入了……”她看了看四周，压低嗓门儿说，“谎言游戏俱乐部，接下来咱们整谁？”她那双蓝色的眼睛闪烁着兴奋的光芒。

麦德琳耸耸肩，手背掠过她瓷娃娃般的脸上闪亮的桃色腮红。“我不关心这个。”她说，冷漠地朝艾玛的方向看了一眼。

但罗伦的脸突然亮了。“实际上，我还真有个主意。”她偷偷地环顾四周，然后压低嗓门儿说，“他怎么样？”她指着艾玛后面的一个人说。所有人都转过头，顺着她所指的方向看去。等艾玛终于看清那人是谁后，她的心猛地一沉。伊森正望向别处，他的脚架在砖墙上，手里拿着一本书。

“伊森·兰德里？”加布说，声音里透着惊讶。

“为什么不行？”罗伦问道。她抬起头，目光跟艾玛撞到了一起，艾玛感觉脸上一阵发烫。上个星期她们一起去购买返校节装饰时

① 科特妮·洛芙：美国朋克女皇，拥有“最会着装女明星”的美誉。

她承认自己喜欢上了伊森，而那天在网球场罗伦也肯定看见他们依偎在一起了。很明显，她这是存心捣蛋，可能是因为塞尔出现在萨顿的卧室里，她要报复。

夏洛特噘了噘嘴，一脸的不同意："伊森？咱们不是说好不重复整蛊同一个人的吗？"

"是啊，的确有这么条规矩，罗。"麦德琳提醒她说。

艾玛嚼着从萨顿的午餐袋里拿出来的火鸡三明治，差点儿噎着。什么意思？她们以前就整蛊过伊森？她想起她在罗伦的电脑上看到的谎言游戏视频，没有一个跟伊森有关呀。什么时候的事儿了？伊森为什么不告诉她？

"从严格意义上来说，这的确是重复了。"罗伦用手指轻叩嘴唇，若有所思地说，"可是，萨顿，上次我们整蛊你的时候被他搅黄了，我们还没报复他呢。"她是指那天晚上伊森撞上夏洛特、麦德琳和罗伦蒙住萨顿的眼睛拍摄假的勒杀视频，而艾玛正是在网上看到这段视频才去找萨顿的。伊森还以为萨顿真的遭遇了不测，出面制止。但他告诉艾玛，萨顿肯定会一笑而过，就当什么事儿也没发生过。"这次我们只要不重复以前的恶作剧就行了。"

麦德琳将一粒葡萄塞进嘴里："伊森还真是个不错的目标。他这人很敏感，有点儿情绪化，我估摸着他到时候会哭。"

"呜——"莉莉欢快地模仿着伊森哭的样子。接着，她手指翻飞，很快在推特上输入什么信息。

"我觉得咱们应该好好合计合计。"麦德琳说，"明晚去我家怎么样？"

艾玛吞了吞唾液。一切进行得太快，她都没法儿控制了。"咱们别去整蛊伊森好吗？”她不假思索地说，声音有些颤抖。

所有人都转过头看着她。“为什么，萨顿？”罗伦问道，显然有些沾沾自喜，“是不是有人心里藏着秘密，瞒着大伙儿呀？”

艾玛环顾桌旁，看着萨顿的这些朋友，罗伦令她陷入这样尴尬的境地，她有些窝火。本来，她只敢在罗伦面前说她跟伊森的事儿，因为她不确定别的女生会理解。跟伊森约会一点儿也不像萨顿的做派，特别是在跟颇受女生喜欢的加里特约会后，她的这个决定更显得奇怪。她该怎么跟她们说呢？况且她还不确定自己和伊森的关系呢，她感觉他们还不像男女朋友。

艾玛啪的一声将一罐健怡可乐打开，感觉汽水的小泡沫溅到了她的指尖。“我能有什么秘密，”她平静地说，尽量将萨顿傲慢自大的架势端出来，“尤其是没有关于伊森的秘密。”光是说出这样的话就让她感到心痛。

“那你跟我们一起整蛊伊森有什么要紧的？”罗伦使劲儿拍着双手说道，她指着院子那头伊森挺直的后背，“美女们，咱们下一个恶作剧就用在‘情绪男孩’身上了。”

Two Truths and a Lie

谎言游戏3真相不止一个

Chapter 11

Two Truths and a Lie
谎言游戏3真相不止一个

四人派对

那天晚上，最新的嘻哈民谣风格的曲子从罗伦的卧室飘过门厅，传入艾玛的耳朵。艾玛不停地用食指和中指按压太阳穴。要是下午能跟她在亨德森的闺密亚历克斯一起听听“吸血鬼周末”[①]，或者任何歌词里没有“宝贝，宝贝，宝贝”的歌曲就好了。她真的怀疑萨顿会跟罗伦一样喜欢这种没品味的音乐。

郑重声明，我的音乐品味向来没得说。也许，我没办法将我所有去过的精彩音乐会一一列出，但是我真的去过不少音乐会，不论什么时候收音机里播放阿黛尔、蒙福之子乐队[②]以及莉琦·李的音乐，我都知道它们一定是我的iTunes（苹果音乐播放软件）上最常播放的。这些动人的

① 纽约的独立摇滚乐队。

② Mumford & Sons，英国民谣乐团。

歌曲也经常在我脑海里回荡。

“我没办法来，凯莱布。”艾玛听到罗伦在嘈杂的音乐声中大声说，“我不是说过了吗，今晚我们一家人会一起去吃晚饭。”

艾玛叹了口气，朝萨顿的衣柜走去，整理一排叠得整整齐齐的T恤。萨顿的衣服向来叠得很整齐。艾玛从一堆衣服里选出一件蓝绿色的一字领T恤，从头上套了下去，她还选了一条黑色的紧身牛仔裤，配以一双金属色的平底鞋。

“是啊，我知道特没劲儿。”罗伦的声音穿墙而过，“我也不想去，我才不喜欢跟她待一块儿呢。”

艾玛猜想罗伦口中的“她”肯定是指自己。上次她和罗伦网球训练回家后，梅塞夫人说一家人必须花时间聚聚了，换言之，艾玛和罗伦必须和解了，所以，他们今晚要去图森市度假村中一个叫阿图罗的餐厅吃顿丰盛的晚餐，那里自然价格不菲。过去，艾玛顶多只能在阿图罗做侍者，一家人去那儿吃饭只能是奢望。艾玛希望自己可以告诉梅塞夫人，不要费心为她和罗伦安排“和头饭”了。自从罗伦提出整蛊伊森的恶作剧后，她也不怎么想跟她重归于好了。

罗伦的房间里再次传出一串响亮的笑声。艾玛边用圆头刷子梳头，边看着镜中的自己。凯莱布知道罗伦暗恋塞尔吗？要是凯莱布知道罗伦带着要求释放塞尔的请愿书，穿着愚蠢的黑色T恤去露营，不知道他会怎么想。他签过请愿书了吗？罗伦到底了解多少塞尔和萨顿的事儿？她再次想起了罗伦之前说的模棱两可的话：*之前就是你害的他，现在又想玩儿这招儿。*她到底指什么？艾玛要怎样才能找出答案呢？

“我们回家后我再给你打电话。”罗伦保证道，打断了艾玛的思绪，“再见！”音乐声戛然而止，二楼顿时沉寂下来。艾玛听到抽屉关闭的声音，然后是罗伦房间的门嘎吱作响的声音。她看到萨顿房间的门下闪过一道影子，随后听到罗伦的声音在楼下的厨房里响起，听到她大声地喊梅塞夫人。

艾玛灵机一动。她从萨顿的床上跳了下来，走进门厅。罗伦卧室的门半开着，床头柜的灯发出亮光，射到地毯上。她听了听，确保罗伦没有上楼，接着蹑手蹑脚地朝罗伦的卧室走去，很快进入房间，把门关上。

罗伦的卧室和萨顿的卧室惊人地相似，从地上的白色泡泡椅，到床上的紫色枕头都是一样的。艾玛走到远侧的墙，一张狗仔图案的日历旁边挂着一张大学网球队的合照。日历的抬头上写着“十月”。罗伦在上面密密麻麻地记着各种事件，什么家庭作业啦，网球比赛啦，派对啦。

艾玛不声不响地把墙上石灰绿的图钉拔了下来，将日历翻到八月，这一页上印着三条小拳师犬。罗伦在标记本月的第一个星期的方框下用大写字母写着“家庭度假”。艾玛立即找到萨顿遇害的八月三十一日。罗伦在右上角的地方画了一个蓝色的心，并用粗笔上了色，墨水浸透了那页日历。

艾玛盯着那颗心看了一阵儿，也不确定到底什么意思。她翻到九月，盯着标记妮莎·巴内杰新学期派对的日期，那天是开学的第一天，也是网球队的第一次邀请赛。看起来没什么异常情况。但八月三十一日那页日历背面的东西吸引了她的注意，日期后面透着两个首字母：TV。

“TV”是塞尔·维加的缩写吗？[①]

① 塞尔·维加的英文名为Thayer Vega。

艾玛的心跳开始加速。很显然，罗伦先是写下了这两个大写字母，然后用蓝心覆盖了。可这是为什么呢？

我也想知道原因。

“你在这儿干什么？”

艾玛赶紧把日历翻到十月份，转头一看，发现罗伦正站在门口。她紧闭着嘴唇，手叉在突出的髋骨上。她飞快走过房间，将艾玛从日历面前推开。

艾玛飞快地想着对策。“我想核实下哈沃福特学院的比赛。”她很快指着两周后的星期五说，“我只想核实下日期。”

罗伦环顾了一下书桌，好像在确认有没有丢什么东西似的，或者是怕自己的东西被弄乱了：“还用得着把门关上？”

艾玛犹豫了一下，很快挺直了腰。“你也太多疑了吧？”她模仿萨顿的语气生气地说，“肯定是空调吹出的风把门关上的。”

罗伦像是还想说什么，但梅塞夫人的声音在楼下响起：“两位，咱们得出发了！”

“来了！”艾玛尖声说，表现得好像她没有什么错。她的视线扫过罗伦，试图表现得镇定自若，意在告诉罗伦自己没有什么错，而且自己也不怎么在意这档子事儿。但她感觉罗伦正恶狠狠地盯着她的后背。

我也感觉到了，她显然不相信艾玛的谎言。

梅塞夫人正站在楼梯底下查看她的黑莓手机。看到两人走下楼梯，她冲着她们笑了。“你们看上去气色不错嘛。”她热切地说。也许热切得有点儿为时过早，艾玛知道今晚的结果肯定会让她失望。

这时，梅塞先生绕过墙角走了过来，将一串钥匙晃得叮当作响。

他已经换掉了医院的工作服，穿上了一条免皱卡其裤和一件浅橙色衬衣，但他的眼神看起来有些疲惫，头发也乱糟糟的。“准备好了吗？”他说，呼吸有点儿急促。

他们走到梅塞先生的SUV旁，钻进车里。艾玛坐在萨顿妈妈的后面，系上安全带，梅塞先生在后视镜中看着她，她很快低下头。自从星期六早晨在门厅里跟萨顿的爸爸争执过后，她几乎没跟他说过话，当然，这几天梅塞先生也一直在医院里忙。现在他看艾玛的眼神像是知道她有什么事情瞒着大家似的。

梅塞先生将车掉了个头，开到街上，梅塞夫人从钱包里拿出一个金色的粉盒，涂上淡紫色的唇膏。“现在还是十月初，可这天气也太奇怪了。”她唠叨道，“很久没下这么大的雨了。”

无人接话。

梅塞夫人清了清嗓子，仍不甘心。“我找了你们喜欢的墨西哥流浪乐队，你们的派对用得上，他们很棒的，宝贝儿。”她说着将手放在梅塞先生的胳膊上，“上次他们在沙漠博物馆救济会上的表演真的挺好的，还记得吗？”

“是挺好。”梅塞先生不温不火地回答道，看起来他对这样的家庭聚餐也不是特别热衷。

梅塞夫人也不说话了，看起来有些沮丧。

我看着他们几个人全都陷入沉默，觉得这样的场景似曾相识。我也不知道以前父母为了让我和罗伦好好相处想过多少办法。我们以前倒玩儿得很好。过去的一些记忆在我脑中闪现，以前家庭旅行的时候我们还一起偷偷监视过父母，我们还曾在地下室里假扮时装模特儿，我甚至教罗伦正确地握网球拍，打出漂亮的反拍球。但随着年龄的增长，我逐渐疏远了罗伦。部分原因可能是嫉妒心作祟，罗伦是父母的亲生女儿，我只是他们收养的，我担心他们更爱她，也许罗伦只是反击而已。后来，这种情况像滚雪球一样越滚越大，我们俩终于走到彼此不怎么说话的地步了。

在接下来的十五分钟里，谁也没有出声，梅塞先生慢慢将车开过减速带，驶进度假村的停车场。那边有个小小的人工洞穴，圣诞灯将大圆石上刻着的“阿图罗”三个大字照得透亮。主入口外面有个拿着公文包、身穿西服的男子在用黑莓手机打电话。他旁边还站着一个女人，一头金发打理得十分讲究。两个身穿黑色裤子和雪白衬衣的侍者正利用休息的空当儿，站在一株细长的仙人掌旁边抽烟。

艾玛跟着萨顿的家人沿着石头台阶走进一座花园，里面到处都是黄色和紫色的花朵，土坯墙上镶嵌着又粗又黑的窗棂，裸露的横梁悬于头顶，微型扬声器里飘荡出轻柔的古典音乐。餐厅人满为患，侍者端着卖相很好的烤羊排、牛排和龙虾在食客中间来回穿梭。

一名蓄着一小绺胡子、穿着深灰色西服的领班查了查他们的预约信息，领着他们朝预留的桌子走去。他们穿过房间时，艾玛有种无所适从的感觉，但她还是挺了挺腰。

“这里的环境真不错。”他们坐下后，梅塞夫人轻声说，她拿起一张厚厚的餐牌，查看着上面的酒水，“对吧，两位？”

艾玛咕哝着以示同意，但罗伦的目光望向了房间那头，不知道她是在看什么东西还是什么人。“你好像碰见熟人了，萨顿。”她不怀好意地说。

艾玛抬起头，正好看到一个长着棱角分明的下巴、留着金黄色短发的男生朝他们的桌子走来。她的心咯噔了一下。原来是萨顿的前男友加里特，他看上去一点儿也不高兴。

“你好，加里特。”梅塞夫人打招呼道。她的嘴唇微微颤抖，担心地瞥了一眼艾玛。艾玛在座位上不安地挪了挪。她跟萨顿的爸爸说过她和加里特分手了，梅塞先生肯定也跟梅塞夫人说了这事儿。不过他们并不知道，在星期五的返校节舞会上，加里特还将艾玛堵在储藏室里跟她聊了会儿。事实上，他的行为甚至有些粗鲁。

“嘿，梅塞先生，梅塞夫人。”加里特礼貌地向萨顿的父母打招呼，然后，他转过头看着艾玛，“我能跟你聊会儿吗？”他朝餐馆后面的一个小走廊望去，显然是想单独跟艾玛谈谈。

“呃，我这不是跟家人在一起吗？”艾玛说着往梅塞夫人身边挪了挪，“我们马上要点菜了。”

“我就问一个问题，很快的。”加里特说。他的声音倒也客气，但眼神冰冷，心事重重。艾玛立即知道他想问什么了，他肯定听说塞尔闯入萨顿卧室的事儿了。当初艾玛把他甩了，加里特感到十分震惊，他相信是萨顿脚踩两只船。他这次很可能是想责怪艾玛背着他跟塞尔见面——也许萨顿真是这么干的呢。

我看着加里特身上的小鹿牌[①]衬衣和卡其裤，我们以前一起远足、骑自行车长途旅行、在公园里野炊的快乐记忆模糊地在我脑海里闪现。我确定，当初我们交往的时候也有过快乐的时光。但后来到底发生了什么事儿，让我选择了塞尔？我努力回忆着，一方面因为欺骗加里特而感到内疚，另一方面和塞尔接吻又让我感到特别兴奋。加里

① 即Abercrombie，美国休闲第一大品牌，是当今最受年轻人青睐的品牌，是美国大学生最喜欢的品牌之一。

特对我的看法是对的：我的确劈腿了。他生气是有原因的。

“对不起。”艾玛说，“我才刚坐下。”

“那好，如果你愿意，我可以在这里问你。”加里特双手叉腰、语带威胁地说，他瞥了一眼梅塞夫妇，“我只想知道你昨天去警局的感觉如何，萨顿。”

听到这话，艾玛全身的汗毛都竖了起来。他是怎么知道的？梅塞夫妇也僵住了。“你昨天去警局了？”梅塞夫人脱口而出，“可你为什么不告诉我们？”

加里特假装很惊讶。“噢！”他说，“我以为你跟他们说了呢，那我不打扰你们了。”说完他返身朝角落里的桌子走去，回到父母身边。

艾玛看着萨顿的父母，感觉面颊发烫。她多少有点儿希望他们没有发现她昨天去见昆兰的事儿。

“你又惹麻烦了吗？”梅塞夫人问道，看上去心都碎了，显然想起了她一周前到警局训斥女儿在商店行窃的事情。

“我猜她准是去那里见塞尔的。”罗伦咬牙切齿地说。

“我没惹麻烦。”艾玛说，声音抬高了几分，“也不是去那里见塞尔。只是因为昆兰给我打了电话，我就去了。我没说只是因为这并不是什么要紧的事儿。”

“是啊，是啊。”罗伦压低嗓门儿说，“你向来都是乖乖女，你什么事儿都会跟爸妈说。”

艾玛瞪了她一眼：“那你呢？你有跟他们说请愿释放塞尔的事儿吗？你有没有说号召学生为他捐保释金的事儿？”

梅塞先生转过头，虎着脸看了罗伦一阵儿。她的脸涨得通红。

“那只是我政治课上发起的一个项目。”她很快说，“我们正在学习请愿书是如何影响法律的，所以必须看看实际效果。”

“你可以为其他的事情请愿，而不用老盯着那个闯入我们家里、把你姐姐吓得魂不守舍的男生。”梅塞先生严厉地说，然后，他举起一只手，“我们等会儿再说你这件事儿。萨顿，你昨天为什么去警局？跟塞尔有关吗？”他探身过来，盯着艾玛。恐惧感令艾玛的脊椎一阵发麻。现在，梅塞先生正恶狠狠地盯着她，他非常气愤，就像上次在萨顿的卧室里发现塞尔一样愤怒。

“我……”艾玛结结巴巴地说。她一时语塞。

这时，侍者来到他们桌旁，注意到了一家人的脸色。她恭敬地摆了摆手，然后朝厨房走去。梅塞先生将手放在桌子上，脸色缓和了一些。“怎么样，萨顿？”他用温和的口吻说，“跟我和你妈说说。我们不会生气的，我们也只是关心你。塞尔是个问题男生，没有哪个正常人会无故消失，半夜潜入你的卧室。我们只是想确保你的安全。”

艾玛垂下眼睛，心跳没之前那么快了。梅塞先生的声音里透着温柔，还有些许保护她的意味，就跟上周她帮他修理摩托车时他对她说话的腔调一样。他只想做个好父亲，但艾玛仍然不能将她去警局的真相告诉他。

“我只是去那里签了与上次偷窃事件有关的文件。”她说，脑袋转得飞快，“没别的事儿，真的。加里特是因为被我甩了，他很生气，才有意找我的碴儿。你们太小题大做了。”

她将颤抖的手藏在桌子底下，希望他们相信她编造的谎言。梅塞先生只是盯着她，梅塞夫人则咬着擦过淡紫色唇膏的嘴唇，罗伦用鼻子一哼，显然一个字都不相信。但最后梅塞夫妇只是叹叹气，耸耸肩。“下次你如果去了警局，也许应该让我们知道。”梅塞夫人冷静地建议道。

“还是希望没有下一次吧。”梅塞先生粗声说道，眼角起了皱纹。

艾玛不安地望向别处，目光停留在加里特和他家人落座的地方。就在这时，加里特也往这边看了过来，冲她得意地笑了笑。浑蛋，她在心里骂道。艾玛今晚还不想把塞尔的事情抖搂出来，要不肯定会炸开锅。但等她转过头来的时候，她发现梅塞夫妇正在讨论是点穗乐仙还是马尔贝克葡萄酒。她总算可以松口气了，至少目前是这样。

真的吗？我留意到罗伦正从桌子对面盯着艾玛，又想起我遇害那晚她日历上那两个潦草的字母“TV”了。

罗伦肯定知道什么秘密。我只希望在一切还不是太迟之前，艾玛能发现这秘密究竟是什么。

Two Truths and a Lie

谎言游戏3真相不止一个

我是女生我做主

第二天，艾玛头顶图森市热辣辣的太阳，站在奥利耶高中的停车场上。学校女子足球队的队员正在远处布满尘埃的球场上绕着圈儿跑步，艾玛不知道她们为什么没被太阳晒晕，现在外面的温度差不多达到了一百一十华氏度（四十三摄氏度）。她刚练了三十分钟网球，就感觉需要静脉注射，补充水分了。

我记得在烈日下进行网球训练就是这种感觉。可奇怪的是，我跟在艾玛身边既感觉不到热，也感觉不到冷……我什么感觉也没有。我知道这听起来怪怪的，但我真想再体验一次这种流汗和呼吸急促的感觉。活着时的这种感觉让我如此怀念，连我自己也感到惊讶。

这时，喇叭声突然传来，夏洛特将她那辆银色的奔驰车停了下来。“上车吧，贱人。”她透过车窗喊道。

“谢谢你载我。”艾玛说着将网球包和小提包扔到后座上，“我妹妹也太不厚道了，竟然撇下我不管了。”她们今天要去麦德琳家计划恶作剧的事儿，但网球训练结束后，罗伦没等艾玛就走了，幸亏夏洛特还没放学。其实艾玛压根儿就不想参加这样的集会，她才不想令伊森难堪呢。今天她在走廊里见到伊森都觉得不好意思，心想他肯定知道她有事儿瞒着他。艾玛现在真是左右为难：如果她将她们的计划告诉伊森，这个恶作剧肯定就被搅黄了，萨顿的那帮朋友肯定不会原谅她。但是如果不告诉他，她就有可能永远失去他。

艾玛刚钻进车里，夏洛特就脚踩油门儿，驶出停车场，将车开到公路上。不出几分钟，她们就通过了一条长长的沙漠公路，然后经过一个里面都是成衣店的小商场、一个二十世纪五十年代的冰激凌店，而后依次经过星巴克和一个音像店。夏洛特开车往右拐入一个熟悉的住宅开发区。艾玛很高兴这会儿是夏洛特在开车。她只去过维加的房子一次，当时她和几个朋友在那里商量对付推特姐妹的恶作剧，也不记得那房子的具体位置了。这样说来，萨顿的车不见了也算是好事儿，如果萨顿的朋友发现她连图森市的方向都搞不清了，她们肯定会带她去精神病医院检查。

她们在奥兰治格罗夫的红灯前面等待时，收音机里正在播放本地新闻。“整个图森市都在谈论塞尔·维加，这个在今年夏天失踪的男生。”一个女记者播报道。艾玛直了直腰，连大气都不敢出。

“周六晚上，维加先生闯入了据称是他女朋友的女孩家中，现在他因非法侵入住宅、拒捕、非法携带武器被拘，保释金一万五千美元。”该记者继续报道说，“但是，他的代理律师杰弗里·罗杰斯相信他能摆平此案。”

这时，一个男人的声音在立体扬声器中响起。“我的当事人尚未成年——他不会以成年人的身份受审。”塞尔的律师说，“我的当事人跟图森市警察局里的某些人素来不和。”

“素来不和？”艾玛忍不住大声说。

夏洛特看着她说：“是啊，他和昆兰警探素有嫌隙。还记得那个家伙在寻找塞尔这件事儿上有多上心吗？塞尔就像他的白鲸。找不到他，昆兰心里一直窝着火。大家都觉得塞尔受到这么重的惩罚跟昆兰有关，而且很多人认为塞尔拒捕的消息也是昆兰伪造的。”

艾玛扬了扬眉毛。要是他们说的是真的呢？要是这个律师真能让塞尔免受审判呢？她不敢去想将来会发生什么事儿。

“罗伦对你很不爽是吧？”夏洛特问道。

艾玛点点头：“她觉得塞尔现在被关进监狱是我造成的。”

“没错哦。”夏洛特不置可否地说，脸上毫无表情。艾玛也不知道在塞尔的事情上她站在哪一边。麦德琳和罗伦完全将这件事儿怪罪到艾玛头上，夏洛特倒还为她说过话。但今天早些时候，艾玛看到她在塞尔的请愿书上签了名。也许她两边都不想得罪，只想做个和事佬呢。

“你觉得在塞尔这件事情上，小麦的态度是怎样的？”艾玛假装随意地问了一句，将一块草莓味儿的棒棒糖塞进嘴里，“她不大愿意跟我说这事儿。”夏洛特和麦德琳最近走得很近，也许麦德琳在夏洛特面前说过塞尔的事儿，艾玛或许可以借此了解塞尔跟萨顿的关系。

夏洛特一直盯着前面的路面：“她不开心，这是肯定的。而且她爸比以前更恶劣了。他们家的气氛紧张得要命。”

“你觉得她有什么事儿瞒着咱们吗？”艾玛嘴里嘎嘣嘎嘣地嚼着糖果说。

“你指哪方面？”

问得好，艾玛心想。她现在是投石问路，希望能从夏洛特的嘴里套出一点儿情况：“当然是跟塞尔有关了，也许她知道他这段时间在哪儿。”

夏洛特不再看路了，而是以怀疑的眼神盯着艾玛：“小麦还以为你知道些什么呢。”

艾玛用力吞了吞唾液，一时不知道该如何回答。萨顿知道塞尔去哪儿了吗？

我感觉自己也不知道。要是我知道塞尔守护的那些秘密，我就不会老问他问题了。

窗外，两个高二学生正在麦德琳家隔壁车道上自制的坡道上玩滑板。他们的妈妈双手抱在胸前，脸上露出不满的表情。最后，夏洛特耸耸肩说道：“不过，要是麦德琳藏着什么秘密，我也不会感到惊讶。”

“怎么会呢？”艾玛假装不急不慢地问道。

“因为，”夏洛特将车驶进花园，指尖敲打着她们之间的中控台，“维加一家都藏着秘密。”

艾玛刚想继续追问，夏洛特已经下了车，她理了理自己的牛仔超短裙，经步行通道往那栋刷着灰泥的房子走去。艾玛也下了车，跟着她往维加家的前门走去。艾玛刚要按门铃，夏洛特就说：“不用。”她在那个黑色休闲包中翻找着：“我有钥匙。”她从包里拿出钥匙，上面挂着一个看起来有些古怪的小玩偶，然后，她用大拇指和食指捏起一把铜钥匙。

“你有维加家的钥匙？”艾玛问道，一下子停住了。

夏洛特奇怪地看了她一眼。“呃，是啊，八年级的时候就有了啊。我还有你们家的钥匙，你也有我家的，你真是健忘。”她皱着眉头说，“你不会忘记把我家的钥匙放哪儿了吧？要是我爸知道肯定会疯了，他到时候会把家里的锁都换掉。”

“没有，还在我这儿呢。”艾玛急忙掩饰自己的失言，尽管她根本不知道夏洛特家的钥匙在哪儿。艾玛突然想起几周前有人潜入夏洛特的房间想勒死她的事儿了。起初，她觉得这人肯定是萨顿的朋友，因为当时警报没有响，不管是谁，那人要么就在屋内，要么知道夏洛特家门锁的密码。塞尔会不会是从麦德琳那里偷走了夏洛特家的钥匙？他知道门锁的密码吗？

“你家的门锁密码是什么来着？”艾玛的心怦怦直跳，心里盘算着到底能问出多少情况，“好像挺容易记的，对吧？是一二三四吗？”也许是塞尔胡乱猜出来的。

夏洛特不乐意了：“你不是来自火星吧？是二九三七。存在电话里吧，不要每两个星期就问我一次。麦德琳就存了，她再也不问我了。”

“麦德琳的电话里存了你们家门锁的密码？”艾玛重复道，“这么做看起来不怎么安全。”她的心越跳越快，这是个重大的发现。塞尔不仅能从麦德琳那里偷走夏洛特家的钥匙，而且还能在麦德琳的手机里找到夏洛特家的门锁密码。她想起那天在夏洛特家的厨房里用力掐她脖子的手。那人还小声警告她叫她不要再调查下去。那双手感觉像是男人的，声音听着也像周六晚上在萨顿卧室里跟艾玛说话的那个声音。

我也在怀疑艾玛的推论是不是正确的。这时，我想起了我跟塞尔远足的情形，塞尔能够轻易爬上满是石子的小道和最陡峭的山坡，他总是不耐烦地等我追上去。偷偷地潜入夏洛特家，或者爬上学校的椽梁，将吊灯放下来砸艾玛的头，对他来说根本就是小儿科。我想起自已遇害那晚正是跟塞尔一起去的萨比诺峡谷。要是就是他将我从我小时候跟爸爸一起玩儿的那个悬崖推下去的呢？

夏洛特打开麦德琳家的房门，从门厅里走了过去。房子里面闻起来像是夹杂着香料和墨西哥菜的香味儿，里面还摆着四双鞋，托里·伯奇的平底鞋和精品9[①]高跟鞋整齐地摆在衣柜旁边。墙边的桌案上放着几张照片。一张是维加夫妇的结婚照，另一张是麦德琳小时候的照片，照片中的麦德琳穿着芭蕾舞短裙和芭蕾舞鞋。艾玛皱了皱眉头，感觉什么东西不见了。她发誓上次她来这里时，看到桌子上还有一张塞尔的照片。他们将塞尔的照片拿走了吗？他们要清除塞尔的所有痕迹吗？他们是不是为他是他们的儿子感觉尴尬？

这时，莉莉出现在了楼梯顶端。“你们终于来了。”她尖声说道，理了理缠在左手腕上的十几根黑色细皮线，“我们在上面呢。”

艾玛和夏洛特咚咚咚地踩着楼梯，走到麦德琳的卧室。里面音乐声开得很大，房间里的平板电视上正在播放真人秀节目《瑞秋·佐伊计划》。艾玛、夏洛特和莉莉进入房间后，麦德琳、加布和罗伦不再看杂志了，而是抬起头看着她们。地板上的小架子上堆着一些过期的《时尚》和《W》杂志。远处的卡塔里纳山映照出咖啡色的影子。淡粉色的墙上挂着几张镶了画框的海报，上面的芭蕾舞演员摆着不同的姿势，另外，还有一张麦德琳和塞尔滑雪的快照。

艾玛不愿移开目光。塞尔的眼睛正从照片上看过来，眼神深邃，像是只盯着她一个人。

罗伦在麦德琳的床下找到一本《大都市》杂志，翻到一篇标题

① 美国著名高端品牌玖熙的副线品牌。

为“如何让你的男人像猛虎一样吼叫”的文章。“这玩意儿谁写的呀？”她翻了翻白眼儿，嘲笑道。

“等等！”夏洛特探身过来，瞟了一眼，“我就是要让我的男朋友有这样的本事呢！”她眯缝着眼睛，假装很性感地嘟起嘴巴。

罗伦摇了摇一瓶深绿色的艾茜指甲油，然后在脚趾间塞上性感的粉红泡沫。“不知道伊森·兰德里要怎样才能吼起来。”她淘气地说。

艾玛的心咯噔了一下。

坐在一旁的莉莉直了直腰，看了一眼加布。加布轻轻点了点头，眼睛瞪得更大了。“昨晚我和加布好好合计了一下我们第一个正式的恶作剧计划。”莉莉大声宣布道。她毕恭毕敬地看了艾玛一眼。*她当然得尊重我了，艾玛想，她把我当成了萨顿。她打算先提出恶作剧的想法，等着我同意呢。*

即使我不在了，看到自己威严尚在，我仍然觉得挺有意思。我记得自己以前曾否决过不少提议，有时候只要心情不爽，我就会把聚会取消，晚上我们聚在一起通常都是按照我的计划行事。毕竟，我的主意向来都是最棒的，所有人都知道。

艾玛咬紧牙关，决定好好利用萨顿的威信。她大笑一声，将头歪向一边。“干得不错嘛。”她冷冷地说，“但我觉得，谎言游戏还不至于听从菜鸟的建议。”

“是啊，你们两个还是先学着点儿吧。”夏洛特合上杂志，坐得更直了，“对了，你们谁知道伊森对什么感兴趣吗？”

罗伦的脸上闪过一丝冷笑：“萨顿知道他对什么感兴趣，对吗，老姐？”

艾玛感觉喉咙一阵发紧。

几个女生齐刷刷地朝她看过来。“你为什么会了解伊森·兰德里的事儿？”麦德琳难以置信地问道。

“我根本不知道。”艾玛生气地说，愠怒地看了罗伦一眼。

“你怎么不知道，”罗伦快活地说，她从麦德琳的床上拿来一个毛绒狗，抱在怀里，“你就别谦虚了，姐。你什么八卦消息我都知道。”她转头看着其他女生。

“上个周末萨顿才刚告诉我，伊森打算偷偷去市中心的国会俱乐部参加诗歌朗诵比赛。”

“我才没说呢！”艾玛大声说，心都快从胸腔里蹦出来了，一边努力回忆她和伊森什么时候讨论过诗歌朗诵比赛的事儿。等等，她想起来了，星期天在公园的时候他们还真说过。看来罗伦真的在偷窥他们，问题是，她还听到了什么？

“他本来就喜欢诗歌。”夏洛特翻了翻白眼儿，“那些多愁善感的男生都喜欢。”她很快拿出电话，登录了谷歌。不一会儿，她突然尖叫一声：“找到了！伊森·兰德里排在第四位。咱们可以好好利用这事儿，想个绝妙的恶作剧出来！”

麦德琳也凑了过来：“咱们可以请一些人坐在观众席上嘘他，或者朝他扔西红柿。”

“要不咱们在观众席上安排一个假编辑怎么样？”莉莉低声说，“让他说他对伊森的诗歌非常感兴趣，想帮他出版，但只有伊森飞到纽约见出版社的人才行。等伊森去到那里后，他们就会说根本没听说过他！”

加布点点头，眼睛睁得大大的：“他肯定会觉得自己是个窝囊废。”

“要不这样也行，”罗伦扬了扬眉毛，又出了个歪主意，“我们偷偷溜进他家里，把他的一些诗歌偷出来，用假名贴到网上去。等他看到的时候，我们就雇一个人，假装是真正的作者，要告伊森剽窃。‘真正的作者’宣称朗诵比赛两个星期前他就把诗歌传到网上了，伊森肯定会羞得无地自容。”

“这个主意太妙了！”夏洛特大声说，“咱们再把过程录下来，上传到YouTube（著名视频网站）上！”

麦德琳跟罗伦击了一下掌：“你太有才了！”

加布做出夸张的姿势，像是正在表演莎士比亚的独角戏，她用颤音朗诵道：“玫瑰是红色的，紫罗兰是蓝色的，伊森·兰德里，整的就是你！”

罗伦回过头来，看着艾玛说：“你觉得呢，萨顿？”

艾玛整个身体都热得发烫，像是要生病了一样。她从那几个女生面前移步过去，假装仔细看着麦德琳房间的墙上一幅德加的画作，这样她们就看不到她的脸了。她绝对不想筹划这样的恶作剧，但她现在想不出制止该项计划的办法。萨顿或许能想出来。她姐姐可能会对众人嘲笑一番，提醒她们别忘了自己的身份，但现在她感觉自己又做回了以前的艾玛：张口结舌，任由他人摆布。

“我……呃……我要去洗手间。”她从嘴里蹦出这样的话来，起身朝走廊跑去。如果她再在麦德琳的房间里待下去，她一准儿会哭出来。

她朝铺着米黄色地毯的门厅走去，手摸着土坯墙面。麦德琳家的洗手间在哪里呀？她往第一扇可以打开的门里瞧了瞧，可那里只是个衣橱。第二扇门里是个办公室，里面放着一台电脑和一个标准尺寸的打印机。她经过第三扇门，发现那扇门半掩着，便往里面看了看。那个房间铺着淡蓝色的地毯，墙是深蓝色的，床罩是黑色的。墙上贴着足球海报，窗户旁边的架子上放着一些闪亮的奖杯。

是塞尔的房间。

艾玛感觉肚子一阵痉挛。这不是塞尔的房间吗？她为什么早没想到？如果萨顿和塞尔是一对秘密情人，也许在塞尔的房间里就能找出证据来。

她迅速回头看了一眼，推开门，踮着脚走了进去。书整齐地堆放在桌子上。桌子上没有一点儿灰尘，什么东西都摆放得整整齐齐。一条铺着皮垫子的转椅塞在那张黑色的木桌下。钉在墙上的亚利桑那响尾蛇队的挂历好几个月都没人翻动了，上面的照片是一个穿着球服的运动员对着一个模糊的白球挥舞球棒，挂历上方用大写字母写着“七月”的字样。很显然，这个房间已经被彻底搜查过了，塞尔失踪的时候已经被警察——可能是昆兰搜过。艾玛的指尖拂过立体声音响，拿起一个iPod又放了回去。

看到iPod和立体声音响，从前的记忆又在我脑海中浮现。我看到自己在塞尔的房间里，用那个iPod听着拱廊之火[①]的歌。塞尔挨着我躺在地毯上，指尖拂过我的膝盖。毯子上的绒毛撩得我裸露的双腿痒痒的。我用手摩挲着他那件淡绿色T恤的边缘，撩开一条缝，抚摸着他衣服下坚实的肌肉。塞尔将我的下巴捧在掌心，把嘴凑了过来，我能够闻到他的气息。他将唇紧紧贴在我的唇上，我感觉自己的身体里

---

① 加拿大独立摇滚乐团。

闪出了火花。然后我们听到了门开的声音。我们一下没反应过来，过了一阵儿才分开，赶紧偷偷下楼，潜回书房。就在这时，维加先生走过门厅，睁大眼睛怀疑地盯着我们，我的记忆也随之消失。

艾玛在房间里搜寻着，一会儿朝塞尔床上的枕头底下摸去，一会儿往办公桌和桌子的抽屉看去，还把头往一个里面几乎什么都没有的衣柜里探了探。这里就跟酒店的房间一样，空荡荡的，毫无人气可言。但里面并没有不同寻常的东西，没有可疑的口红，让人以为可能是萨顿留下的，布告牌中也没有她的照片。如果塞尔跟萨顿的确有关系，他也是瞒着大家的。

就在这时，她突然看到了新的线索。书架上堆着一排犯罪小说，书已经破损，页面也已经泛黄。书脊上印着“草原上的小木屋”。艾玛伸手拿了下来。萨顿有这个小木屋系列的书还说得过去，塞尔这个大学足球队的明星也有这样的书就太奇怪了。

艾玛将书拿在手里，感觉很轻。等她把书翻过来的时候，她发现书页全没了，书只是个空壳。艾玛颤抖着将手从开口处伸了进去，感觉手指摸到了一团纸。她把纸拿了出来，闻到一股淡淡的花香香水味儿。艾玛很快就闻出来了，她自己就喷过这样的香水，那是萨顿梳妆台上放着的镶金边的安霓可·古特尔[1]香水，看起来价格不菲。

艾玛颤抖着将纸团打开，一眼就认出了萨顿夸张的笔迹。亲爱的塞尔，我又开始想你了。我无时无刻不在想你……我迫不及待地想再次跟你相见……我真的好爱你……

她展开下一页，上面写的东西与上一页大同小异。后面的六封信

① 法国著名香水品牌。

也都是这样，都是写给塞尔的，同时都有一个夸张的“S”[1]。萨顿还在每页纸的上端写了个日期。这些信是从三月份开始写的，一直持续到六月份，也就是塞尔失踪之前那个月。

我也看着那些信，希望能找到一些线索，但我什么也没有想起来。那些信肯定是我写的，我跟塞尔之间的这种地下情肯定让我沉醉其中。毕竟，我本来就是那种喜欢刺激的女孩。

艾玛将信塞进她那件帽衫前面的口袋里，然后悄悄回到门厅，将门按照先前的样子半掩着。

“萨顿？”

艾玛转过头去，倒吸了一口凉气，维加先生正站在她后面，他的身形几乎是她的两倍。维加先生打着发胶的黑色头发梳向脑后，额顶的美人尖特别显眼，让他看上去像在烟雾缭绕的大厅里打牌的混混儿。这会儿，他正蹙着眉头，晒成褐色的前额皱成了一团。

他盯着艾玛还放在门把上的手。“你在这儿干什么？”他厉声问道。

“呃，我只是想去洗手间，先生。”艾玛支支吾吾地说。

维加先生盯着她。萨顿的信放在口袋里，她感觉鼓鼓囊囊的。但她双臂抱在胸前，试图掩饰鼓起来的口袋。

最后，维加先生指着另一扇门说：“客人的洗手间在大厅的另一头。”

“哦，没错儿！”艾玛重重地拍了下脑门儿，“只要转个弯儿就到了。这个星期事儿太多。”

[1] 萨顿·梅塞的英文名是Sutton Mercer。

维加先生抿着嘴。“是啊，这段时间我们都过得够呛。”他拖着脚走着，看上去有些不安，“对了，既然你来了，我想为我儿子的行为向你道歉。他那样冒冒失失地进了你家，真是让我尴尬极了。相信我，我一定会让他长长记性。”

艾玛面无表情地点点头，想起了麦德琳手臂上的瘀青。她完全想象得到维加先生到时候会怎么教训他的儿子。“呃，她们肯定等得不耐烦了。”她喃喃道。

她从维加先生身边走过去，但他一把抓住了她的胳膊。艾玛猛地吸了一口气，心都提到嗓子眼儿了。但维加先生很快松了手。

“你能帮我叫麦德琳来吗？我有事儿找她。”他低声问道。

艾玛长吁了一口气：“哦，当然可以。”

她随即朝麦德琳的房间走去，但他再次抓住了她：“萨顿？”

艾玛转过身来，扬了扬眉毛。

“你以前从来不叫我先生的。”他从紧闭的双唇里挤出这样的话来，然后观察艾玛的反应，“现在也不用这样称呼我。”

“哦，好的，对不起。”

维加先生仍然没有移开目光，仔细地打量着她。艾玛尽量保持镇定。他终于转身，慢慢地朝楼梯下面走去。艾玛重重地靠在墙上，闭上眼睛，摸摸口袋里那堆纸。好险。

差点儿就穿帮了，我想。

Chapter 13

Two Truths and a Lie

谎言游戏3真相不止一个

情书

一个小时后，艾玛僵硬地坐在罗伦的捷达车里。罗伦或许会把她留在学校里不管，但不可能把她留在麦德琳家，独自开车回去。其间，她一句话也没对艾玛说，只是冲艾玛皱着鼻子，像是闻到了未经处理的污水味道。

艾玛看着公路沿线的商业区，那里有个杂货店、一个大卖场，角落里还凌乱地分布着一些商铺。艾玛抓住方向盘，将车驶入了右侧车道。罗伦生气地踩下刹车："你想干什么？"

"叫你停车呀。"艾玛说，指着那边的停车场，"咱们得谈谈。"

让艾玛感到惊讶的是，罗伦打开信号灯，将车拐进停车场，关掉引擎。不过，她下车后大踏步朝商业街走去，也不管艾玛是不是跟来了。等艾玛追上她后，罗伦挤进了一个叫作"靴酷"的商铺。那个地方闻着有股皮革和空气清新剂的味道，墙上到处挂着牛仔帽，极目望去，成排的架子上全是牛仔靴。扬声器里播放着一位乡村歌手的曲子，他用带着鼻音的声音轻轻吟唱着他那辆福特皮卡的故事。商店里唯一的一名顾客长得像头灰熊，嘴里嚼着烟草。而店主则是一个身材肥硕的女人，穿着一件前面绣着疾驰的帕洛米诺马图案的背心，从柜台后面不怀好意地看着她们，看着就像对猎枪在行的主儿。

罗伦走向一件具有西部特征的黑色衬衣，这件衬衣的肩膀周围有银色的饰带。艾玛窃笑道：“我觉得这不是你喜欢的款。”

罗伦将衬衣放回到架子上，假装饶有兴趣地看一排装饰得比较夸张、大多为牛角造型的皮带扣。

“我跟你说真的，干吗不理我？你不觉得现在玩儿这种把戏很老套吗？”艾玛跟在罗伦后面说。

“我不觉得老套。”罗伦说。

至少罗伦开口了，艾玛舒了一口气：“听着，我也不知道塞尔为什么进入我的房间……”

罗伦突然转过身来，盯着她：“哦，是吗？你是真不知道还是装糊涂？”她的目光落在艾玛的腰间。艾玛暗暗地吸了口凉气，感觉她在塞尔的卧室里找到的那些折好的信压着自己的皮肤，她觉得那些信被罗伦发现了。

“我真的不知道。”艾玛说，“我也不知道你为什么这么生气，但我希望你能告诉我，我要为你做点儿什么，你才会不生气。”

罗伦眯了眯眼睛，退后几步：“你这么说倒真让我害怕了。萨顿·梅塞做什么事情从不后悔，萨顿·梅塞也不会讨好人。”

“人是会变的。”

或者是死了之后被品行更好的孪生妹妹取代了位置，我黯然想道。

扬声器里传出另一首乡村音乐，曲子表达了对美国美好过去的留恋。罗伦心不在焉地拿起一双粉红色的牛仔靴，随即又放了下来。她的表情柔和了些：“那好，我还真有一件事情要你帮忙。”

“说吧。”

罗伦探身过去：“你可以让爸爸撤销对塞尔的指控。要么你也可以告诉昆兰，说是你邀请塞尔来的。这样警察就只能把他放了。”

“可我并没有邀请他来啊！”艾玛抗议道，“而且我也不会背着爸爸对警察撒谎。”

罗伦愤怒地吐了口气：“你以前又没少干这种事儿。”

“现在我打算洗心革面，不会动不动就惹爸妈生气了。”

“是吗？”罗伦用鼻子一哼。

艾玛沮丧地握紧拳头，盯着烟草色的地毯。店铺的铃声响了，一个长得有些别扭、穿着大摆裙的高个子女生走了进来。她穿着一件上面印有“国会俱乐部诗歌朗诵”的T恤。罗伦的表情很快有了变化，她显然也注意到了那件衣服。

“听着，”艾玛看着那个女孩说，“如果你生我的气，只管冲我来，别拖伊森下水。我们不应该搅和他的诗歌朗诵。”

有那么一瞬间，罗伦看上去似乎有些愧疚，但她的表情再次变得强硬起来：“对不起，姐。这事儿我真做不了主。计划已经开始实施了。”

“我们可以取消啊。”艾玛并不甘心。

罗伦得意地笑了笑。“萨顿·梅塞还会取消恶作剧？这可不是你的风格。”她靠在一排看上去像粗麻布巫师斗篷的架子上，“那我就跟你做个交易吧。你让塞尔免受牢狱之灾，我就把恶作剧停了。”

“这不公平。”艾玛嘶声叫道。

“那我就无能为力了。”罗伦转过身去，高跟鞋踩在地板上嗒嗒作响，“我觉得你根本不关心你的地下男友，不过这事儿对你来说太正常了。你根本就不会把他们当回事儿。”罗伦说着会意地看了一眼艾玛，推开门走到太阳底下。门砰的一下关了，门把手上的门铃像是在嘲笑艾玛。

几个小时后，艾玛骑着自行车来到萨比诺峡谷对面一座熟悉的农舍旁边。她从萨顿的房子到这里骑行了十英里，而且都是山路，她骑得双腿生疼，全身是汗，尽管现在已是凉爽的黄昏。她今晚没有别的办法，只能骑自行车去伊森家——罗伦肯定不会送她来这儿。她现在必须见到他。

伊森的家在妮莎·巴内杰家的对面，冒充萨顿的第一个晚上，艾玛曾到这里参加派对。伊森的家在一排需要粉刷的白色尖桩栅栏里面。一群麻雀落在院子边缘橡树细细的枝叶上，落日在茂盛的草坪上投下长长的影子。前廊一排排的花盆里盛开着紫色的小花，一条油漆已经脱落的黄色摇椅上放着一个蓝色的塑料袋，袋子里的报纸已经积了三天了。尽管这房子比艾玛以前住的房子都要舒适，但跟梅塞家有着五间卧室的别墅相比，这栋房子显得很小。说来奇怪，人们适应奢侈生活的速度还真是快。

艾玛用力地敲门。几秒钟后，伊森的脸出现在了窗户那边。他打开门，冲艾玛笑了笑，显得有些惊讶。

“对不起，我事先没给你打电话。”艾玛说。

伊森耸了耸肩。“没事儿，我父母不在家。”他站到一旁，为艾玛让出位置，“请进。”

她把手伸进口袋，理了理那些信，跟着他走过贴着淡粉色墙纸的长廊，墙纸为彩色的花卉图案。墙上贴着一些艾玛只在殡仪馆里见过的画，以及各种各样的水彩玫瑰和日历。上面并无伊森的照片。房子里也有股奇怪的味道，就像密闭的空间发出的霉味儿。这样的房子一点儿也不让人觉得舒心。伊森领着艾玛走进一个黑黑的小房间。“这是我的卧室。”他说着捋了捋头发，“这不是废话吗？”他又补充了一句，好像突然觉得尴尬了。

艾玛四下看了看。他们成为朋友后，她无数次想象过伊森的房间，觉得会有些乱，里面可能贴满了观星地图，堆着望远镜零件、旧化学仪器、折角的笔记本、成堆的诗集。但这个房间一尘不染。地毯上还留有吸尘器的痕迹。床头几上放着一副黑色的攀岩手套，还有艾玛第一天遇见伊森时见过的皮套日记本。而桌子上唯一一件物品就是一个有些破损的手提电脑了，除此之外再无别的东西，连一支圆珠笔也没有。床很整洁，都达到酒店服务的标准了。羽绒被叠得整整齐齐的，枕头也规规整整地摆放着。艾玛曾在假日旅馆做过侍者，因为枕头没放好，没少挨经理的批评。

她瞥了一眼伊森，真想问问这个房间是不是他的。房间里几乎没有一点儿他的痕迹。但伊森看上去有些尴尬，她不想再令他难堪了。于是，艾玛坐在床上，从口袋里掏出那些信。

“这是我今天在塞尔的房间里找到的，”她说着将信展开，放在床单上，“这是萨顿写给他的。看来他们的确是对地下情人。”

伊森拿起这些信，看着上面的内容。艾玛感觉有些内疚，把姐姐隐秘的感情公布出来，她有种背叛姐姐的感觉。

尽管我能理解艾玛把信拿给伊森看的做法，但自己的隐私被人发现，我也有些不舒服，这可是我的小秘密。

我从来没想过自己会对一个人如此着迷。伊森大声读道，他翻到下一页，我想在亚利桑那大学足球场、在我家后面的灌木丛、在莱蒙山顶吻你……他清了清嗓子，不念了。

艾玛感觉脸一阵发烫：“他们显然很喜欢对方。”

“可她当时仍在跟加里特约会啊。”伊森不解地说，指着其中一封信中的一行字：我发誓我想跟加里特分手，同你在一起。但现在还不是时候，我们两个都知道，“也许塞尔因为萨顿脚踩两只船而雷霆大怒……所以杀了她。”

一丝冰冷的感觉掠过我的身体。我想起我们远足那晚提到加里特的时候，塞尔的态度变得那么快。他非常生气，尽管他也承认他从没那么失态过。看到他发脾气，我觉得他跟他爸真的很像。那种事情真能让他动杀人的念头吗？

艾玛躺在床上，盯着石棉天花板：“要是这样的话，塞尔也太偏激了，就因为萨顿跟别的男生在一起就要痛下杀手吗？”

“有的人杀人还有比这更荒唐的理由呢。”伊森看着自己的手。他看上去有些冷漠，像是有什么心事。等他终于开口，说话也是慢吞吞的，像是经过了深思熟虑。

“也许萨顿把他逼疯了。她能将男生玩弄于股掌之间。”

“这话什么意思？”艾玛没好气地问道。她不喜欢伊森说这话时的语气，也不喜欢他这么说自己的姐姐。

“这一分钟，她喜欢一个男生，”伊森说，“下一分钟，她根本就不把他当人看。我见过她用这种方法对付无数男生。”他皱着眉头说，“也许她也是这样对塞尔的。也许她逼得塞尔没有办法了，他只是……没控制住自己的情绪。”

艾玛感觉自己的手心里全是汗。会不会是姐姐反复无常的行为逼得塞尔痛下杀手呢？如果她对他忽冷忽热，同时还跟加里特约会，这可能真会激怒他。“也许吧。”艾玛小声说。

“那依你看，咱们该怎么办？”伊森问道。

“我们可以报警。”艾玛建议道。

“不行。”伊森摇摇头说，“如果我们报警，那等于把你的身份也暴露了，这样太冒险了。”他跷着二郎腿，晃荡着那双蓝色的匡威运动鞋，“现在咱们离真相很近了。只不过需要一些确凿的证据。车里的血怎么解释？那血肯定是萨顿的，对吧？”

艾玛从床上站了起来，在房子里来回踱步。“虽然警方还没测试，但我觉得八成是她的。我觉得他们还会验证方向盘上的指纹，也许能跟塞尔匹配上。”她板着脸说，“可是，不是只有嫌疑人有案底时警察才能做DNA配对吗？”

“塞尔本来就有前科。”伊森说，“他们早在逮捕他的时候应该就采集他的指纹了。”

“我们已经知道他曾在萨顿的车里待过。”艾玛继续说，“即使方向盘上有他的指纹又能证明什么？”

“是啊。”伊森有些泄气地说，“那咱们继续调查下去，找出他的动机，找出给他定罪的证据。”

“没错儿。”艾玛喃喃道，但她突然有种筋疲力尽的感觉。她感到自己离真相那么近……可又那么远。她闭上眼睛，突然觉得一筹莫展。一个十几岁的足球明星绝不会无缘无故地杀人。塞尔做出这样的举动肯定事出有因。

等她再次睁开眼睛的时候，她发现伊森手提电脑的屏幕亮着。苹果浏览器上显示的是萨顿的Facebook页面。

“你也有Facebook账号？”艾玛笑着问道，“我怎么觉得你不像那种喜欢上社交网站的人。”

伊森腾地从床上坐起来，关掉电脑。“我没有……我是说……我倒也有账号，但我从来不在上面发帖子。我刚才只是想在你的……呃……在萨顿的留言板上留言。但我不确定要不要这样做。”他小心地瞥了艾玛一眼，“你会觉得奇怪吗？你的那些朋友甚至不知道我们在交往。”

即使只是这样谈论他们有可能发展下去的恋情，艾玛也感到一丝兴奋。但紧接着她就感觉疙疙瘩瘩的，想起了那些女生今天不依不饶地计划恶作剧的事情。她也想过将她们计划搅和诗歌朗诵的恶作剧告诉伊森，但这样的想法让她觉得恶心。她只需取消计划就行了，完全用不着那么麻烦。

“对了，罗伦知道咱们的事儿了。”艾玛说。话一出口，她的脸唰地一下就红了。她这样说合适吗？还说“咱们”，好像他们还不是男女朋友似的。

“你害怕吗？”伊森问道，嘴角露出一丝淡淡的笑。

“你呢？”艾玛反问道。

伊森朝艾玛挪了一小步，挨着她坐在床上：“我不管谁知道。我只知道你是个非常出色的女孩子，我以前从来没有见过你这样的人。”

艾玛的心一紧。以前从来没有人对她说过这样的话。

伊森往前探了探身子，手摸过她的后颈。他轻柔地吻着她，唇温温的，很柔软。此刻，艾玛全然忘记了她到图森市后发生的所有事情，忘记了自己迫不及待地走下巴士想见到姐姐的那股兴奋劲儿，忘记了她跟萨顿重聚的希望竟然消失得如此之快，忘记了威胁她要成为萨顿的字条，忘记了她正在调查塞尔、调查杀害萨顿的凶手的事儿。那一刻，她只是艾玛·帕克斯顿，新交了男朋友的艾玛·帕克斯顿。

我是她的姐姐，她找到真爱，我自然为她开心。

Chapter 14

匹配的钥匙

那天晚上，艾玛躺在萨顿铺着淡蓝色床单的床上辗转难眠。萨顿床脚下散落着的毛绒玩具正盯着她，在月光的照耀下，它们的目光显得有些呆滞。这些玩具根本不像萨顿的做派，艾玛很少发现姐姐保留这种令人伤感的东西。它们让艾玛想起了她自己那只毛绒猴，那是她学会了一首难弹的曲子，钢琴老师送给她的礼物。还有一只“章鱼袜”，是她们去福科纳斯时贝基给她买的。萨顿的玩具让艾玛想起她和萨顿错过的时光，想起她们本可以在同一间卧室里玩耍，创造属于她俩的秘密世界，想起她们再也不能重返的时光。

一只猫头鹰在萨顿窗外的橡树上叫着。艾玛盯着树枝，发现正是她晚上溜出去跟伊森幽会的那棵树，前几天塞尔也是通过这棵树进入萨顿的卧室的。她突然吓了一跳，窗户是打开的！一个身形巨大的人影站在房间角落，艾玛听到他喘着粗气。

“你以为这么容易就能摆脱我吗？”那个人影说道。

尽管他并没有站在光亮处，艾玛还是一眼就认出了他。“塞尔？”她尖叫道，惊讶得说不出话来。

慌乱中，她想要靠着床头柜坐起来，但已经太迟了。塞尔一步冲了过来，掐着她的脖子，嘴几乎贴到了她的嘴上。“你竟敢背叛我，艾玛。”他小声警告道，紧紧掐住她的喉咙，下唇掠过她的嘴巴，“你不是想见萨顿吗，我现在就成全你。”

艾玛的呼吸越来越困难，死神离她越来越近，她的指甲深深地掐入塞尔的皮肤：“求你了，不要！”

“永别了，艾玛。”塞尔冷笑道。他的手越来越紧，等等，我怎么还能听到凯莉·克拉克森唱着《万事通先生》[①]？

艾玛腾地从床上坐了起来。凯莉·克拉克森的曲子在她耳畔嘶吼。她四下看了看，发现自己仍在萨顿的卧室里，汗涔涔的皮肤粘着萨顿的床单。阳光透过窗户照了进来，没错儿，窗户的确是打开的，但角落里并没有人。艾玛摸了摸自己的脖子，没有被人掐过的痕迹。她感觉皮肤很光滑，一点儿也不痛。

她做梦了。只是一个梦，感觉却如此真实。

我也感觉很真实。这会儿，我也紧盯着角落，塞尔并不在那儿，我仍然心有余悸。艾玛去哪儿我都能跟去，甚至还能进入她的梦境。

艾玛颤抖着将那件淡蓝色的睡衣拉到肚子上，再次环顾萨顿的卧室。萨顿和她那帮闺密熟悉的合照在电脑屏幕上闪烁着，这张照片是

① 《万事通先生》（*Mr. Know It All*），美国偶像冠军凯莉·克拉克森的一首单曲，歌曲中有一句是这样唱的：“Let’s be clear，baby，this is goodbye.”意思是：“算了吧，这次真的是永别。”

她们取得一场网球比赛的胜利后拍的。几个女生胳膊搭在一起，冲镜头摆出剪刀手。一本德语课本敞开着放在萨顿的书桌上，还有一本伊森一周前送给艾玛的小诗集。屋子里并没有毛绒玩具，萨顿早已不是小孩，她是不会收藏这种玩具的。

但窗户是打开的。艾玛发誓她昨天晚上不仅关好了窗户，而且还把它锁好了。她掀开被子，走向窗户，往外瞅了瞅。梅塞家修剪得整整齐齐的草坪涌着阵阵碧浪，无论是柳条躺椅还是盆栽植物都原封未动。图森市像火球一样的太阳高挂在卡塔里纳山山顶，叽叽喳喳的鸟叫声在卧室里回荡。

嗡。

艾玛吓了一跳，朝四周看了看。嗡嗡声是从萨顿的床下面发出来的，她立即意识到是自己的黑莓手机。她冲过去掏出手机，查看屏幕。是她在亨德森的朋友亚历克斯打来的电话。艾玛清了清嗓子，按下绿色的接听键："嘿。"

"嘿。你还好吧？听你声音怎么怪怪的？"

听了这话，艾玛不由得一怔。亚历克斯不可能知道艾玛刚才做的梦，她甚至不知道艾玛身处险境。她以为萨顿仍然活得好好的，艾玛正跟她失散多年的姐姐过着神仙般的日子。"我好着呢。"艾玛的声音有些沙哑，"刚才在睡觉。"

"那你就赶紧起床啊，懒猪。"亚历克斯咯咯地笑起来，"我好久没收到你的信息了，我想知道你怎么样了。"

"我很好。"艾玛强打起精神，"真的，萨顿一家人对我很好。"

"你这么快就过上全新的生活了，我真不敢相信。你应该上奥普拉的电视节目。要我帮你把你的经历告诉电视台吗？"

“不用！”艾玛说，也许说得急了些。她随即钻进萨顿的衣柜，一方面是想挑选一件今天穿的衣服，另一部分原因是这边更隐秘——这样，罗伦就不大容易听到她说话了。

“行了，我知道了！你在学校里怎么样？喜欢萨顿的朋友吗？”亚历克斯问道。

艾玛在一件蓝色的丝绸背心前面停了下来：“坦白说，我现在跟她们的关系有点儿紧张。”

“怎么会呢？难道你俩一块儿出现，她们有点儿招架不住？”电话那头亚历克斯的声音听起来有些含糊不清，艾玛想象得到，她正在穿衣服准备上学，梳头发，一边将一个肉桂面包塞进嘴里。亚历克斯最喜欢一心多用，而且她特别喜欢吃甜食。

“她们有自己的生活圈子，”艾玛说，“而且她们过去有很多事情，我甚至搞不懂。”

亚历克斯边嚼东西边往下咽：“既然是过去的事情，那就让它们过去吧。你弄点儿好玩儿的东西，跟她们打成一片不就得了，也许不用每次都带上萨顿。”

“也许吧。”艾玛说，意识到自己几乎从来没跟萨顿的那些朋友单独玩儿过。

德雷克在楼梯底下发出一声低吠，艾玛听到梅塞夫人在嘘它。“听着，我得走了，我答应上课之前帮萨顿做家庭作业的。”

艾玛答应会经常联系亚历克斯，便挂了电话，接着，她从萨顿的衣柜里走了出来，重重地躺在床上，感觉头一阵抽痛。对亚历克斯撒谎让她难过。她想起了整个下午待在亚历克斯的卧室里，在潘多拉电台找新音乐，彼此预测未来的情形。她们还共同拥有一本淡紫色封皮的日记本，两人每隔几天就会往里面写东西。她们把日记本藏在亚历克斯床底下地毯的隔层里，没有人找得到。她们对外界有自己的秘密，但彼此之间没有秘密——直到刚才才破了这个例。

艾玛坐了起来。如果塞尔留着萨顿的信，那萨顿也可能留着他的啊。可是，她到底把信藏哪儿了呢？

艾玛将腿伸到床底下，靠墙的地方放着两个鞋盒，但她前几周就已经检查过了。不过，她还是把鞋盒拉了出来，把里面的东西倒在床上，生怕以前错过了什么重要的线索。床单上散落着一些旧试卷、成绩单、一根荧光绿的橡皮筋，以及几张Lady Gaga[①]演唱会的票根。一个芭比娃娃睁着蓝色的眼睛，茫然地盯着艾玛，一头金色的头发凌乱地披散在一条精致的舞会礼服上。但这并不是萨顿以艾玛的名字取名为E的娃娃，那个娃娃放在梅塞夫妇卧室的嫁妆箱里。这些东西艾玛以前都见过。

接着，艾玛走到萨顿的衣柜旁边，将那些抽屉一个个拉了出来，还将里面的东西倒在地上。肯定有她之前没留意到的东西。她在一堆T恤、短裤里翻找着，甚至还在网球袜里掏来掏去。她还检查了那本密密麻麻地记着历史笔记和代数方程的破旧笔记本，接着，她检查了唇膏、六只吊灯形耳环，还有一小瓶润肤膏，标签上写着可以使疲劳的肌肤重新焕发活力。

又检查了一遍萨顿书桌的抽屉后，艾玛重重地靠在墙上，眼睛扫过那些老照片，确保没有遗漏什么，其实，那些照片她已经检查过无数次了。还会有什么？难道网球比赛的背景后面还有个人潜伏在那里

① 美国当红流行歌手。

不成？难道还有人举着牌子说，我在你姐姐的生日派对上把她杀了不成？难道在毕业舞会上还有人在萨顿背后捅她一刀不成？

艾玛挺直了腰，猛地抬起头来。那个芭比娃娃跟萨顿床底下和抽屉里收藏的东西完全不搭！艾玛将芭比娃娃从那堆淡蓝色的毯子上拿起来，翻转过来。衣服褶皱的部分不见了，礼服里面的夹层里缝了一个小袋。找到了！

干得漂亮。就连我也没想过检查这个娃娃，也许这个小袋就是我自己缝在里面的。

艾玛将食指伸进小袋，摸到一块冷冰冰的金属，是把生锈的银色小钥匙。她将钥匙拿到光亮处，看起来像是日记本或者首饰盒的钥匙。

这时，艾玛听到了敲门声，萨顿卧室的门随即开了。罗伦双手叉在屁股上，站在门口，房间里很快弥漫着一股夜来香的香水味儿。她阴沉着脸说："妈要你赶紧下楼吃早餐。"她瞟了一眼地板上乱七八糟的东西："你在搞什么鬼？"

艾玛也看了看那堆东西。"呃，没什么，我在找耳钉。"她说着晃了晃刚才在床底下找到的银色星星耳钉，"终于找到了。"

"那是什么东西？"罗伦指着艾玛手中的钥匙没好气地问道。

艾玛也看着那枚钥匙，暗自责骂自己。要是不让罗伦发现就好了。"哦，以前的旧东西而已。"她故意含糊地敷衍道，将钥匙扔到床头柜上，像是一点儿也不在意似的。但是，罗伦刚一转身，她就重新拿起钥匙，塞进萨顿的牛仔裤口袋里。这枚钥匙这么重要，萨顿甚至不惜把它藏起来，也许里面藏着很大的秘密呢。不把秘密找出来，艾玛誓不罢休。

这显然意味着我也有得忙了。

Two Truths and a Lie
谎言游戏3真相不止一个

Two Truths and a Lie

谎言游戏3真相不止一个

暂别烦恼

星期四下午最后一节课是时装设计课，艾玛坐在课堂上。教室里没有脑袋的人体模型上垂挂着平纹细布，中央还有一个临时T台。学生们都坐在缝纫桌旁，周围全是布料、剪刀、纽扣、拉链和线。奥利耶高中唯一的时装设计老师萨利纳斯先生在房间里来回踱步，他穿着一条紧身裤，脖子上系着一条淡蓝色的围巾，看上去活像蒂姆·甘恩①的弟弟。

“今天咱们要讲如何突破服装款式和功能的界限。”他尖声尖气地说，瘦骨嶙峋的手指敲打着一本法国版《时尚》杂志的精美封面，他不止一次将它称为自己的《圣经》。“所有的时尚编辑都会探讨这个问题。”他若有所

① 蒂姆·甘恩是美国真人秀节目《天桥骄子》的主持人，也是非常著名的设计师。

思地说，“即如何将T台上的时装融入现实生活。”

艾玛看了一眼她的人体模型，她设计的东西压根儿就没有表现出这种生命力。模特儿的腰间围着格子法兰绒，艾玛笨手笨脚地将其钉在模特儿的腰上，但她原本是想设计一条A字裙。一件黑色雪纺上衣歪歪斜斜地挂在模特身上，领子的褶边显得松松垮垮。最糟糕的部分是大头针：艾玛本想用多余的格子花呢布做个花形胸针，还打算将胸针别在模特儿裸露的胳膊上，那里本来还用红笔标好了，但整套服装看起来像是长着一脸青春痘、喝得醉醺醺的学生妹的穿戴。尽管艾玛也喜欢时装设计，她自己就曾将许多从二手店淘来的便宜货改装一番，让它们摇身一变，成为高档衣服，但缝纫不是她的长项。艾玛怀疑这跟萨顿众多的选修课一样，她选择时装设计课只是因为这种课容易过，而且不用怎么看书。

“那些设计师到底是怎么想的？”萨利纳斯先生继续口若悬河地说，“这是我们必须问自己的问题。”

艾玛低下头，希望萨利纳斯先生不会点她的名——她根本没想好说什么。这会儿，比起担心如何突破服装款式和功能的界限，她有更重要的事儿要做，比如在塞尔出狱回来纠缠她之前搞清楚他有没有杀死自己的姐姐。

“麦德琳？”萨利纳斯先生喊道，将麦德琳名字的第一个音节念得格外夸张，“跟大家说说你会给前卫的芭蕾舞女设计什么服装？”

麦德琳站起来，理了理她那条黑色的皮质迷你裙。她在班上成绩最好，回答这样的问题对她来说不在话下。“呃，埃德加，”麦德琳说，她是班上唯一直接称呼萨利纳斯先生名字的学生，“我现在设计的舞蹈叫黑暗之舞，融合了芭蕾舞和街舞的元素。我设计的服装要考虑舞蹈演员跳了几个小时的舞后要做的事情，比如她要去哪儿、要做什么。”她指着她那个穿着黑色运动上衣和紧身裤的模特儿，“我选择了黑色，借此将我们完美形象下离经叛道的一面展现出来。”

萨利纳斯先生鼓掌道：“说得好！太棒了！同学们，我希望你们所有人都能设计出这样的作品。”

麦德琳坐了下来，看起来对自己的表现非常满意。艾玛敲了敲她的膝盖：“你的裙子真漂亮。我太喜欢了！”

麦德琳只是微微点头，但艾玛发现她的表情不那么冷冰冰的了，她显然被触动了。艾玛，不对，应该是萨顿的看法对她真的很重要。

萨利纳斯先生又问了其他的学生几个问题，但是，跟麦德琳相比，他们的回答显然提不起他的兴趣。艾玛开始走神儿了，她差不多都能把姐姐写给塞尔的信背下来了，她不断想起“只要时机成熟，我们总有一天会在一起，所有的难题都会解决”这样的话。尽管萨顿差不多写了三十页，但她并没有说清楚他们为什么不能在一起、当时时机为什么不成熟，以及他们到底要解决怎样的难题。

我也绞尽脑汁地想着信中的意思，但怎么也想不起来。

这时，艾玛想起了她藏在口袋里的那枚钥匙。她今天什么地方都试过了，萨顿衣柜里的首饰盒，梅塞家车库的工具箱，二楼她从没进去过的那个房间的小门。她在吃午饭的时候甚至跑到了附近的邮局，万一是那里的邮箱钥匙呢？但邮箱管理人员告诉她钥匙太小，跟任何邮箱都不匹配。线索再次断了。

艾玛真想把头靠在桌子上睡一觉。她感到身心俱疲。没错儿，她小时候的确想做个记者，立志揭露公司内部丑闻和恐怖的犯罪行为，但有生命之虞的时候情况就完全不同。

“醒醒，萨顿！”夏洛特涂了指甲油的手指在艾玛面前打着响指，那双绿色的眼睛直视着她。

“你没事儿吧？”夏洛特关切地问道，“你刚才走神儿了。”

“我没事儿。”艾玛喃喃道，“只是觉得……闷。”

夏洛特扬了扬眉毛。“如果你还记得，时装设计课可是你说服我们选的。”她双手抱在胸前说，“别怪我唠叨，但你最近看上去怪怪的，有什么心事儿，你尽管跟我说，知道吗？”

艾玛摸着自己的裙子，陷入了沉思。要是她能跟夏洛特说说塞尔的事儿该多好啊，但这样做肯定不行。如果她泄露萨顿和塞尔是一对地下情人，夏洛特就会立即怪她欺骗加里特，对夏洛特而言，加里特的话题特别窝心——他之前就是跟夏洛特分手后才跟萨顿好上的，艾玛怀疑她现在还耿耿于怀呢。

我觉得艾玛怀疑得没错儿。

但是，艾玛很快有了个主意。她将手伸进口袋，摸出了那枚银色的小钥匙："这是我今天在自己的房间里找到的，我怎么也想不起这是用来开哪把锁的了。你知道吗？"

夏洛特从艾玛手里拿过那枚钥匙，放在手上，翻转过来。头顶的光有些刺眼，钥匙发出亮光。艾玛发现麦德琳用眼角的余光看着她，但她很快转过头去，看着前面。

“看上去像是用来打开挂锁的。”夏洛特说。

“挂锁？”艾玛急切地问道。也许夏洛特曾见过萨顿用它打开艾玛不知道的密码箱。

“也许是文件柜。”夏洛特把钥匙交到艾玛手上说，“你最近表现得这么怪，跟这把钥匙有什么关系吗？你难道就因为这玩意儿弄得神经兮兮的了？”

“我哪里怪了？”艾玛顿时警觉起来，一边将钥匙放回口袋，“你想多了。”

“你确定？”夏洛特将信将疑地说。

艾玛将嘴抿成一条缝：“确定呀。”

夏洛特盯着她看了一会儿，然后拿起绘图铅笔。“那好，”她生气地用铅笔在她的设计本上乱画一通，“你别告诉我就行了，我不在乎。”

就在这时，下课铃响了，夏洛特飞快地站了起来。“夏尔！”艾玛在后面喊道，感觉夏洛特是真生气了。夏洛特并没有转身，她追上麦德琳后，在走廊上消失了。艾玛感觉筋疲力尽，仍然坐在座位上没有起身。等她拖着沉重的步子走到大厅时，许多她叫不出名字的学生都好奇地看着她。

“你听说斯坦福大学有个球探来这里打探塞尔的事儿了吗？”一个身穿牛仔夹克的女生对一个黑发女生说，那人穿着一件八十年代风格的露肩条纹衫。

“可不是。”条纹衫小声说，“但塞尔不是在监狱里待着吗，他不可能被斯坦福大学选上。”

“哦，得了吧。”穿牛仔夹克的女生摆了摆手，“他的律师会把他弄出来的，下周他就能出狱了。”

千万不要，艾玛想。

“但是，即使他出来了又有什么用呢，他的腿不是还瘸着吗？”条纹衫说，“我听说他的腿伤得特别厉害，怎么还能去斯坦福大学踢球？”

她们显然认定塞尔踢不了球了。两个女生一转身，看见艾玛经过，两人的眼神有些不怀好意。

艾玛仿佛觉得所有人都在她背后指指点点，甚至包括一些老师。她的德语教授弗劳·范斯特马切尔还用胳膊肘碰了碰法语老师艾维斯夫人。食堂的两个工作人员见到艾玛后突然不说话了，只是看着她。不管是新生还是高年级生都看着她，好像所有人都知道这档子事儿。你们别烦我了行吗？艾玛真想大声叫出来。说来也真讽刺，艾玛寄养在别人家里，不停换学校的时候，根本就是个无名小卒，没有谁会议论她。她渴望成为所有人关注的焦点。现在出名了，但代价俨然不小。

这个我倒没意识到。

艾玛绕过拐角，穿过走廊，透过窗户向庭院望去，院里摆着仙人掌和一些盆栽蕨类植物，突然在一群学生中她瞥见了伊森黑色的头发。她朝人群挤了过去，心脏怦怦地撞击着胸膛。

“嘿。”她碰了碰他的手肘说。

伊森的脸上扬起一抹微笑。“嘿。”但他很快注意到了艾玛脸上郁闷的表情，“你没事儿吧？怎么啦？”

她耸耸肩：“扮好萨顿·梅塞可真难，我又体会到那种感觉了。要是能让我离开这儿，要我做什么都行。我真想透透气，做一回自己。”

伊森的眉毛拧成了个疙瘩，然后他伸出一根手指，做出山人自有妙计的手势：“这事儿交给我了，我知道带你去哪儿。”

三个小时后，伊森的车拐向十号公路上标志着“凤凰城”的出口。艾玛皱着眉头：“到底去哪儿呀，你就不能告诉我吗？”

“不能。”伊森说，嘴角掠过一丝狡黠的微笑，“咱们要去的是没人听说过萨顿·梅塞、艾玛·帕克斯顿和塞尔·维加的地方。”

听到这话，我真想笑。我在世的时候，只知道所有人都听过我的大名。伊森真好，知道开车带我妹妹去凤凰城，远离那些是是非非。

驶离高速公路后，伊森将车拐向凤凰城一个残破不堪的小镇，街道两边都是大垃圾箱，里面装满了废弃物，有破碎的玻璃和空油漆罐。街道那头还有一栋未完工的建筑，旁边的标记牌上说十一月份这里便可租赁。艾玛发现房子正面连窗户都没有，她对这种说法很是怀疑。

“好了，现在你总可以告诉我了吧？”艾玛说道。伊森已经将车驶过一个阴森的后巷和一个停车场，停在一个古老的装饰艺术风格的旅店外面。

“别这么性急嘛！”伊森边开玩笑边解安全带。他把车门砰的一声关上，慵懒地伸了伸懒腰，表现得不紧不慢。

艾玛踮了踮脚说：“那我等着。”

他从前面绕过来，搂住艾玛。“等什么？”他问，“等这个吗？”他说着吻了她的嘴，艾玛迎了上去，有伊森抱着，她感觉很放松。

两人分开后，艾玛笑了，她的整个身体酥酥麻麻的。接着她突然笑出声来：“等等，你这么远把我带到凤凰城来不是想跟我做露水夫妻吧？”

“不是，这只是搂草打兔子，捎带的福利。”伊森转过身，指着那家旅店，“我们来这儿看无名乐队的表演，这可是我最喜欢的乐队。”

“无名乐队？”艾玛说，“我怎么从来没听说过？”

“他们真的很棒，融合了布鲁斯的朋克摇滚风格。你会喜欢的。”

他牵着她的手，十指紧紧地扣在一起，领着她走进旅店，艾玛感觉像是回到了二十世纪五十年代。墙壁是蓝绿色和橙红色的部落设计风格，看起来有些庸俗，灯饰为装饰艺术风格。一块金属招牌指示俱乐部位于休息室的后面，这块招牌显得毫无必要，因为两人一走进转门就听到了重低音和从扩音器里传来的震耳欲聋的声音。空气中弥漫着烟味儿、廉价的啤酒味儿以及跳舞者身上的汗臭味儿。一群自命不凡的小伙子在休息室里闲逛，抽着烟，打量着新来的人。

付了十美元，艾玛和伊森往俱乐部走去。四四方方的房间很大，除了舞台上的灯光和酒吧区的圣诞灯外，房间里面黑漆漆的，而所谓的酒吧也只是房间后面一个突出的平台。人委实不少，那些男生都不想动，女生们则闭着眼睛，懒洋洋地摆动着，沉醉于各自的音乐梦想。一群小孩勾肩搭背，排了好几排。有几个人无聊地看着艾玛。换作平日，艾玛可能会被他们的冷漠吓到，但今天她觉得特别安心。没有人认得她，她在这里没有任何心理负担。跟其他人一样，她只是无名乐队的一个普通粉丝。

艾玛慢慢地朝酒吧走去，挤过无数人的肩膀，口中不停地说着“对不起，借过”。舞台格外吵闹，嘈杂声很快充斥了艾玛的耳朵。

伊森和艾玛来到酒吧，歪歪斜斜地靠在吧台上，好像刚才经历了一场飓风。酒保把杯垫放在他们面前，两人点了啤酒。艾玛发现了最后一张空桌，便把包甩到椅背上，往舞台上看去。一个三人乐队正在舞台上吼着快歌。鼓手像章鱼一样夸张地扭动着身躯。贝斯手不停地交替双脚，前后摇摆，长长的头发遮住了脸。主唱站在舞台中央，摇晃着一头粉红色的头发，疯狂地弹着吉他，对着麦克风动情地唱着。

艾玛入神地看着她。那名主唱把头顶的头发扎成二十世纪五十年代的蜂窝状，她穿着时髦的黑裙、黑靴、渔网袜，戴着长长的丝质手套。要是艾玛也能这样无拘无束，穿戴这么酷，那该多好。

“你说得对！这个乐队的确很棒呀。”艾玛大声对伊森说。

伊森笑了笑，用啤酒杯碰了一下艾玛的酒杯，随着音乐不停地摇晃脑袋。艾玛又看了看人群。灯光在头顶形成一个个光圈，许多年轻人在那儿跳舞，有的还拿出手机拍照。一群粉丝挤在舞台边儿上，多半是男生，八成是想在下面偷窥女歌手的裙底。

“要是我那个亨德森的朋友亚历克斯在这儿，她肯定会高兴疯了。”艾玛不无伤感地说，“她就喜欢看这样的表演，我喜欢的乐队都是她介绍的。”

舞厅的闪光球射出的光在伊森的脸上闪烁，照得他的蓝眼睛闪闪发亮：“也许等这件事情结束后，我也能见见她。”

“那太好了。”艾玛说。亚历克斯和伊森肯定会喜欢对方的，他们两个都喜欢诗歌，而且也不在乎别人的看法。

他们刚喝完酒，艾玛就将伊森从凳子上拉起来，把他拖到舞池中央。伊森不安地清了清嗓子：“我不怎么会跳舞。”

“我也是。”艾玛在震耳欲聋的音乐声中大声说，“可这里没有人认识我们，管他呢！”她抓住他的手，推着他转了个圈儿。伊森笑着转过艾玛的背，两人开始随着音乐疯狂摇摆。

乐队演奏完以后，艾玛累坏了，身上全是汗，但她感觉灯光像真丝裙一样套在了她身上。

“我还有东西给你看。”伊森说着指了指紧急出口，带她来到一个滴着水的漆黑的走廊上，旁边一扇沉重的金属门上写着“观测甲板”的字样。伊森把门推开，两人爬上一个狭窄的楼梯井。

“咱们可以来这儿吗？”艾玛紧张地问道。她的鞋子踩在金属楼梯上，叮当作响。

“当然可以啦。”伊森说，“咱们快到了。”

来到楼顶后，两人再次经过一扇厚厚的门，来到一片开阔的空间。所谓的“观测甲板”只不过是个平房的房顶，上面摆着几张破烂的沙发和几个茶几，一个垃圾桶里满是科罗娜啤酒的空瓶子，一盆很大的蕨类植物看上去蔫了吧唧的，但从上面可以俯瞰整个凤凰城，下面灯红酒绿，一片喧嚣。

“好美呀！”艾玛轻声说，“你怎么知道上面有这么个好地方？”

伊森走到栏杆边儿上，仰头看着夜空：“我妈病了一段时间了，经常在这里看医生，所以我必须对周围的城市非常了解。”

“她……好些了吗？”艾玛轻声问道。伊森从来没跟她说过他妈病了。

伊森耸耸肩，看上去有些遮掩。“好些了吧，已经很不错了。”他看着璀璨的灯光说，“她得了癌症，但现在应该没什么事儿了。”

“对不起。”艾玛小声说。

“没关系。”伊森耸耸肩，“一直都是我在照顾她。我跟你说过我爸住在圣地亚哥的事儿吗？我妈化疗时，他一次都没回来看她，真让人生气。”

“也许他接受不了你妈生病的事实。”艾玛说，“有些人天生不大会处理这种事情。”

“他应该好好照顾我妈的。”伊森生气地说，眼里闪着怒火。

艾玛向后退缩着。“对不起。”她细若蚊蝇地说。

伊森闭上眼睛。“对不起，”他叹气道，“我以前从来没在别人面前说过我妈的事儿。但我希望和你坦诚相待，我什么事情都愿意跟你分享，尽管这不是什么好事儿。我希望你有什么事情，也尽管告诉我。”

艾玛吸了一口气，既觉得感动，又觉得愧疚。她现在就有一个天大的秘密没有告诉伊森：朋友们针对他的恶作剧。她应该告诉他吗？这件事情瞒他这么久，他会不会生气？也许最好的办法是什么都不跟他说，阻止恶作剧发生就行了。要是伊森自始至终都蒙在鼓里，他也不会有什么损害了。

妹妹，你应该对他坦诚的。但我也明白她现在的处境。

艾玛搂着伊森的腰，脸靠着他的背。他转过身将她抱住，吻了她的额头。“我们能一辈子待在这里吗？”她叹息道，“重新做回自己的感觉真好。”

“只要你喜欢，随你待多久。”伊森答应道，“只要明天赶回去上课就行了。”

下面的街道上汽车的喇叭声此起彼伏。一架直升机隐约在头顶出现，探照灯的白光照在群山附近的某个地方。有辆车发出刺耳的警报声，过了良久才中断。

但艾玛站在那里，伊森的臂弯让她感到既温暖又安全，她感觉自己从没经历过这么浪漫的约会。

Two Truths and a Lie

谎言游戏3真相不止一个

重归于好

星期天下午，艾玛、麦德琳、夏洛特、罗伦和推特姐妹在出售椒盐脆饼的帕氏饼干档口前排队，这里只不过是图森市郊外魔幻城堡角落里一个简陋的货摊儿。尽管萨顿的这帮朋友赌咒发誓要远离碳水化合物，椒盐脆饼仍然完全值得她们破戒。这种饼干上全是墨西哥干酪，里面还有混合香料，正如麦德琳说的那样：“比性爱还棒。”空气中弥漫着一股烤面包和芥末的香味儿。食客们大口大口地吃着香甜的饼干。看着一个女人的吃相，感觉她快活得要晕过去一样。

货摊儿前排着长长的队伍，一群穿着乐队T恤、留着凌乱长发的大学生站在她们前面。麦德琳往后面挪了挪，像是觉得他们身上长了虱子似的。夏洛特将自己那头火红的头发往后绾成一个简单的发髻，用胳膊肘碰了碰正忙着给凯莱布发短信的罗伦。“那棵树勾起你的美好回忆了吗？”她说，指了指那个用毛毡掩盖的四英尺见方的园艺箱。

罗伦顺着夏洛特所指的方向望去，咯咯地笑了：“那棵圣诞树比看上去重多了，弄得我头发上全是金属箔，好几天都弄不掉。”她晃晃头，看上去像真有那么回事儿。

麦德琳捂着嘴巴，扑哧一声笑了：“当时太好玩儿了。”

“没错儿。”艾玛说，尽管她不知道她们两个在说什么，兴许又是在说谎言游戏的恶作剧吧。

队伍往前移动得很快，很快就轮到推特姐妹了。“给我一份加干酪的椒盐脆饼，再给我一份酱汁。”莉莉穿着一双长及膝盖的靴子，摇晃着身子。另外几个女生点的东西都大同小异。买完饼干，她们端着餐盘来到庭院的桌旁，坐了下来。只有艾玛和麦德琳还在调料台旁，不急不慢地加盐。

艾玛环顾四周。今天，外面的购物商场里挤满了穿着超短裙、蝙蝠衫和坡跟鞋的女孩。所有人不是拿着蒂芬妮、安家[①]，就是拿着托里·伯奇的包。她伸长脖子，看着二楼的一个旧服装店。不久前，她跟麦德琳就去过那个店，两人逛得很开心。那天，她感觉自己又做回了艾玛。

麦德琳吸了一口气。艾玛转过身来，发现麦德琳也注意到了楼上的旧服装店。麦德琳若有所思地看着艾玛，露出尴尬的神色。“听着，我不想再生你的气了。”她说。

“我也不想再这样了！”艾玛感激地大叫道。

麦德琳抬起一只手，想遮住日光：“不管对于塞尔的事情我

① Anthropologie，美国一个休闲风格的高端品牌。

有多难过，我都知道他的失踪跟你没关系。前几天那样对你真不好意思。”

艾玛有种解脱的感觉：“我也应该向你道歉。我知道这件事情无论是对你还是对你的家人来说都很难，如果是我让事情变得更糟了，我向你们道歉。”

麦德琳用牙齿咬开一个芥末包：“不过你的确有些反应过度了，萨顿。你必须告诉我真相。你真的不知道我哥为什么会出现在你房间里吗？”

“不骗你，我真的不知道。”

又过了好一阵儿，麦德琳仔细地打量着艾玛，好像试图读懂她的心思似的。“好吧。”她终于开口说道，“我相信你。”

艾玛长吁了一口气。“太好了，这几天你可真把我想死了。”她说。

“我也想你。”

两人热烈地拥抱在一起。艾玛紧紧闭着眼睛，但她突然强烈地感觉到有人正盯着她。她睁开眼睛，看着饼干店旁边那个黑色的车库，总觉得有个人蹲在一辆汽车后面。可是，等她仔细往那边看的时候，她一个人也没瞧见。

麦德琳挽着艾玛的手，来到她们那帮朋友中间。夏洛特咧嘴笑着，看上去也轻松多了。

“各位，我有个令人兴奋的消息要宣布。”麦德琳大声说，“周五晚上咱们要办个派对。”

“真的呀？”推特姐妹异口同声地说，齐刷刷地掏出iPhone，兴奋地要将这个消息跟她们那帮狂热的粉丝分享，“在哪儿呢？”

“到时候你就知道了。”麦德琳神秘兮兮地说，“我只告诉萨顿、夏尔和罗伦。”她眯缝着眼睛看着加布和莉莉，“这事儿一定得保密，这样我们才会省去麻烦，你们两个的嘴巴向来不把门。”

加布标志性地噘起她那性感的嘴。

“那好吧。”莉莉夸张地叹了一口气。

罗伦将剩下的椒盐脆饼扔到一个用亮绿色的海报包裹的垃圾桶里，海报上写着：能给我一个更美好的地球吗？她调整了一下手提包带子上的皮带扣：“我们可以帮上什么忙吗？衣服有什么要求？要穿太阳裙吗？”

麦德琳喝了一大口柠檬味儿的汽水：“派对十点钟开始，但我们必须早早去那里布置。至于吃的、喝的，交给我和夏尔就行了。罗伦，宾客名单由你来定。萨顿，你搞定节目单。至于穿什么衣服，也许要求穿超短裙和高跟鞋吧，上装穿得高雅一点儿，反正穿得时髦点儿就对了。走吧，咱们去购物。”

麦德琳抓起艾玛的手，将她拉了起来。艾玛笑了，麦德琳能跟她讲和，她真是求之不得。几位女生路过一个叫“双子星座”的精品店。她们刚走到前门，新衣服和宜人的香水味儿就直蹿鼻孔。表情呆滞的人体模特儿穿着褶皱半身雪纺裙和人字呢夹克，手放在狭窄的臀上。商店周围的架子上摆着细高跟鞋，艾玛从来没穿过鞋跟这么高的鞋。

“你穿上这双鞋肯定很漂亮，萨顿。”夏洛特说着将一双银色的坡跟鞋举到艾玛面前。

艾玛从她手里接过鞋，小心翼翼地看了看上面的标价。四百七十五美元？她尽量装出若无其事的样子把鞋放了回去。尽管来这里一个月了，她仍然没办法习惯萨顿的朋友们这样大手大脚地花钱。萨顿衣柜里的一件衣服基本抵得上艾玛一年买衣服的开销。

十四岁那年她折腾得够呛，那一年，艾玛没有钱买新衣服。她跟养母格温住在离拉斯维加斯三十英里的一个小镇上，格温坚持要用二十世纪六十年代的辛格牌缝纫机帮那些收养的孩子缝制返校时穿的衣服。她把自己当成了时装设计师。这还不算，格温还对哥特式浪漫特别着迷。这意味着从八年级开始，艾玛得经常穿那种又长又飘逸的天鹅绒裙、像束身内衣一样的奶油色衬衫，还有姐姐们穿过的凉鞋。不消说，艾玛肯定是“仙人掌刺中学”不怎么受欢迎的学生。自那以后，艾玛经常去打工，这样她起码能置办些平常衣物。

莉莉被桌子上堆放着的薄T恤和背心吸引住了。加布则径直走向摆放着马球衫的架子。夏洛特拉着艾玛来到一排迷你裙旁边，指着其中一条说：“这条淡紫色的裙子跟你的眼睛很配，你穿起来一定很漂亮。”

女生们全都来到一个用帘子隔开的开放式更衣室，里面有四块三向镜。她们在里面试超短裙和时髦的上衣，镜子里全是她们的影像。

“真漂亮，小麦。”艾玛看着麦德琳身上的绿色棉裙说。裙子让麦德琳的腿显得更加修长，不愧是跳芭蕾舞的。

“就买这条了。”夏洛特说。

“不买。”麦德琳咕哝道。

“为什么？”夏洛特皱着眉头说，“你没钱吗？我替你付了。”

麦德琳把裙子扔在一边：“我觉得一点儿都不好看。”

“才不是呢！”夏洛特从地上捡起裙子，“我买定了。”

“夏尔，别费事儿了。”麦德琳对她厉声说道，都快生气了，

“我爸绝不会让我穿的，他会说裙子太短了。”

裙子从夏洛特的指间滑了下去，她的嘴巴抿成了一条线。

更衣室里鸦雀无声。几个女生转过身去，要么假装忙着挑衣服，要么望向别处，只是不看小麦。麦德琳提到她爸，大家都有种无所适从的感觉。

艾玛将一条淡紫色的裙子从头上套了上去，仔细将吊带拨到肩上。柔软的丝绸贴在皮肤上。裙子特别收腰，让艾玛苗条的身体比平常更显曲线美了。

“噢，萨顿！”夏洛特忍不住尖叫道。

“你好，美女。”罗伦尖声说，对姐姐的嫉妒似乎早已抛到九霄云外去了。

艾玛尽量不去仔细看镜中的自己，但她还是忍不住偷偷望了几眼。她穿上这条裙子可真是漂亮。

萨顿肯定早就习惯穿这些让她看起来像富家女的靓装了，但艾玛要么去古德威尔[1]买衣服，要么捡姐姐的衣服穿。穿上这么合身的裙子让她有种特别的感觉。

罗伦将手放在艾玛的肩上：“你知道谁会喜欢吗？伊森呀。”

艾玛吓了一跳：“什么？”

“我看见他在学校里跟你说话了，”罗伦说，“他显然对你有意思。”

艾玛睁大眼睛看着罗伦，真希望她能通过心灵感应让她闭嘴。但罗伦用手指绕着一绺金色的鬈发，继续说道：“我给你出个主意，让

① Goodwill，美国售卖二手衣服的连锁店。

他邀请你去他家，你再把他的诗偷出来。”

“哦，你是说恶作剧的事儿吧？”莉莉问道。

“是的。”罗伦说，“我们要把他的诗歌放到网上，污蔑他那些诗是他剽窃的。你是最佳人选，萨顿，因为他已经为你神魂颠倒了。再说了，顺手牵羊不是你的拿手好戏吗，上次在克拉克精品店只能算是小小的失误。”罗伦撞了撞她的屁股说。

艾玛恶狠狠地盯着她，气不打一处来。看得出来，罗伦还在生她的气。而且，她还只字未提救塞尔出狱的事儿，整伊森这事儿不会就这么过去。艾玛直了直腰，不甘示弱地说：“如果他发现他的诗不见了，肯定会怀疑到我头上。”

“哦，那你想个办法不让他发现不就得了。”罗伦阴阳怪气地说。

“去嘛，萨顿，这个计划真的很棒呢。”麦德琳咧嘴笑道，“也许在派对之前，你应该邀请他来帮我们布置场地，这样他就会把你当成真正的朋友了。况且我们真的缺人手。”

现在，所有人都盯着艾玛，她的脖颈后面冒出豆大的汗珠。艾玛望着镜子，发现自己脸都红了。

这时，一个浅金色头发的女售货员从深色的天鹅绒帘子后探出头来，问她们是否有意购买。夏洛特将几件衬衣、一条裙子和一条牛仔裤递给她。麦德琳也将那条绿色的裙子塞给她，说她不想要了。推特姐妹买了打底裤。艾玛盯着她的那堆衣服，心思却不在这里。她怎样才能让伊森免遭恶作剧的捉弄呢？她想起伊森在屋顶跟她说过的话：我希望和你坦诚相待。她却不是这样做的。

“萨顿，你来不来？”

艾玛吓了一跳，抬头望去，更衣室里已经空无一人了。夏洛特的头从帘子后面钻了出来，脸上的表情颇为诧异。其他女生全都站在柜台旁，手上拿着一堆衣服。

“来了。”艾玛咕哝道，拿起那条淡紫色的裙子和萨顿的包。她慢悠悠地往柜台边走去，感觉罗伦脸上露出得意的笑，正盯着她。但她再次感觉广场上还有一双眼睛正死死地盯着她。她转过身去，眯缝着眼睛往那边看去。这次，那个人躲闪不及。看到那人后，艾玛脖颈后面的汗毛都竖起来了。原来是个男生。艾玛看得真切，他迎着艾玛的目光望了过来，艾玛倒吸了一口凉气。

我也吓到了。此人正是加里特，他看上去很生气。不一会儿，他转过身，气冲冲地走了。

Two Truths and a Lie

谎言游戏3真相不止一个

Chapter 17

暗格

星期二下午，奥利耶高中网球队在球场上进行分组对抗练习。幸亏天气多云，在这样的天气下进行网球练习还凑合。卫星收音机里播放的流行音乐充斥耳膜，玛吉教练总喜欢播放一些欢快的音乐让队员们保持斗志。场外有一个巨大的佳得乐桶，垃圾桶旁边也有几个桶，里面的网球都要溢出来了。穿着奥利耶高中普通网球服和卡其色降落伞裤的玛吉教练一本正经地在球场上来回走动，检查队员们击打落地球的技术和发球技术。

“出界了！”隔着球网站在艾玛对面的妮莎·巴内杰大声喊道，声音非常刺耳。她用那副闪亮的黑色球拍指着白线，瞪了艾玛一眼，像是在说，*水平真臭，贱人*。“这可是在打比赛！”

罗伦此刻站在妮莎那侧的底线旁边，她得意扬扬地说：“就连萨顿·梅塞也对这样的大力发球无可奈何！”

她伸出手跟妮莎击了一下掌。

“咱们真是所向披靡呀！”妮莎说着将黑色的马尾甩到肩膀后面。

艾玛看着妮莎和罗伦将球拍高高举起，大摇大摆地走过球场，不由得翻了翻白眼儿。前一天晚上，玛吉教练已经将双打比赛的名单发到大家邮箱了，罗伦和妮莎早就准备好了桃红色的运动短裤、白色的紧身背心和绿色的吸汗带。

我想想就火大。我妹妹什么时候跟我最大的竞争对手妮莎联手了？看来她还在为塞尔的事情耿耿于怀。

艾玛转过头看着二年级生克拉拉，今天教练指派她做艾玛的双打拍档：“对不起，我今天打得不好。”

“没有，萨顿，你打得很好！”克拉拉满怀希望地说。这个女孩长得非常漂亮，她有着一头黑发，略微上翘的鼻子显得很活泼，一双蓝色的眸子闪闪发亮，但脸上的表情颇为绝望。她整个下午都对艾玛毕恭毕敬，称赞她糟糕的发球，即使艾玛的回球出界了，她也会扯着嗓子跟对手争论，她还不断告诉艾玛她的发带有多漂亮。人们这么害怕萨顿，可真是荒唐，他们会在她面前赔着小心，就像学校是她家开的一样。

也许吧，我想，他们不敢在我面前造次是希望我不会用谎言游戏的恶作剧整蛊他们。

又观看了几场比赛后，艾玛朝更衣室走去。玛吉教练在隔壁球场，她招呼了一下艾玛，接着同情地挥挥手，又轻轻地碰了碰下巴，嘴里像是在说“振奋点儿”。

更衣室里很冷，闻着像是有一股刚刚清洗完的地板的味道。一张亮色的食物金字塔指南挂图一边的图钉掉了，歪歪地挂在墙上。几个穿着泳衣的女孩推开泳池和更衣室的转门。她们一路走到淋浴那儿，空气中弥漫着浓浓的氯化物气味儿。

艾玛朝一排蓝灰色的更衣室走去，发现罗伦已经比她先到了。罗伦已经换下了身上那套网球行头，穿上了一条贴身运动短裤，一件白色T恤。她背对着艾玛，跷着二郎腿坐在长木凳上，将iPhone放在耳边，小声地说着什么。那声音给人的感觉就是，如果她真跟你是朋友，那么她也很好相处。

“打扰一下。”艾玛突然打了声招呼，将萨顿的球拍靠在长凳上。

罗伦吓得跳了起来，手机掉落到地上。“哦，嘿。”她的脸涨得通红，艾玛马上意识到罗伦刚才肯定在说她，但她到底在说什么呢？艾玛打开萨顿更衣柜的密码锁，门啪的一声弹开了。她将运动鞋塞进衣柜，从一面粘在柜门上的小镜子中看着自己。

“今天你打得还挺认真的。”罗伦不无讽刺地说，“我想你也不会次次都赢吧？”

“随你怎么说。”艾玛顶了一句。她累得够呛，没心情跟罗伦吵。

“不过，话说回来，”罗伦说，“你上次输给我或者妮莎是什么时候？萨顿，请别见怪，要说人家克拉拉打得可真不错，你却像换了个人似的。”

听到这话，艾玛顿时紧张起来。岂止是网球，自从冒充萨顿后，她哪方面都做得不好。“我今天状态不行吧。”她尽量满不在乎地说。

罗伦调了调凉鞋上金色的鞋带，站了起来。“要我说，”她会意地看着艾玛说，“有人在球场上分心大概是因为她得大义灭亲，整蛊自己的地下男友吧？”

艾玛咬着嘴唇，盯着萨顿的更衣柜。

“莉莉给我发短信了。她弄了个网站，到时候我们找来的假诗人会把伊森的诗歌贴在上面。”罗伦大声说。

“是吗？”艾玛问道，明显底气不足。

“是啊，但你仍然可以把这个恶作剧取消，你又不是没做过！”罗伦高声说，晃了晃车钥匙，“我六点钟带德雷克去动物美容师那儿，叫妈等我吃饭。”说完她像跳华尔兹一样轻盈地转着圈儿，离开了更衣室。

艾玛听到门砰的一声关了，叹了口气。她慢慢地将网球鞋脱了，换上萨顿的登山帆布鞋。这时她感觉有个人影正悄悄地贴近她，艾玛一转身，发现克拉拉正站在通道的尽头，脸上满是歉意。

“我拿东西可以吗？”她怯怯地问道。

“当然可以。”艾玛笑着说。

克拉拉急忙走到她的更衣柜旁。艾玛往里面瞧了瞧，发现她那件特大号的T恤叠得整整齐齐，除臭剂、洗发水和沐浴露也一字排开摆放在那里。接着，她一下子屏住了呼吸。克拉拉更衣柜的金属底板比萨顿的整整低了两英寸。

克拉拉发现艾玛正盯着她，有些畏惧：“哦，天哪，平常我的更衣柜要比现在整洁得多。”

艾玛只是看着她。难道克拉拉觉得艾玛会因此惩罚她吗？“别傻了。我觉得你收拾得挺干净的，我羡慕还来不及呢。”

“真的吗？”克拉拉眼睛都放光了，紧张地咬着嘴唇说，“嘿，萨顿，我听说这周五你们有个秘密派对，好像是在一所废弃的房子里举行，对吗？”

“没错儿。”艾玛说。麦德琳已经将派对的细节告诉她了，说那个房子是几个月前止赎[①]的。克拉拉热切的表情被艾玛看在眼里，她上前一步说：“你想来参加吗？我可以发短信告诉你详细情况。”

“真的呀？”克拉拉简直开心得要晕倒了，“那太好了！”

克拉拉至少又对艾玛说了六遍“谢谢”，然后才拿起自己的东西走了。艾玛环顾了一下更衣室，里面全是网球队和游泳队的学生。她现在没办法检查萨顿的更衣柜，看来她只能找个清静的角落，等到放学时再行动。

七点钟，学校终于完全静了下来，灯也熄了。艾玛坐在图书馆外面，淹没在漆黑的夜色中。几个老师开车经过，但没人问她为什么还留在那里。最后，她折回走廊，门在她身后关上了，剩她一个人在伸手不见五指的更衣室里。漂白水的气味儿掩盖了运动衫的汗臭味儿。喷头上滴着水，空气中回荡的声音宛如人在叹息。

艾玛摸索着打开开关，更衣室里亮起了令人生厌的荧光灯。她朝萨顿的更衣柜走去，颤抖着打开柜门。她把运动鞋、粉色边饰的网球袜、一盒创可贴和一瓶喷射防晒霜清了出来，全都放在长凳上，然后将手伸向更衣柜的角落，撬开底板，金属的刮擦声在空荡荡的房间里回荡，她不免有些害怕。

更衣柜的底板下有一个狭窄的空间，里面脏兮兮的。脏脏的毛绒兔和锈迹斑斑的发卡中有一个细长的带锁银盒。艾玛的心怦怦直跳，从钱包中找出那枚在萨顿的房间里找到的小钥匙，慢慢把它插入锁中。

---

① 房屋止赎，即抵押的房屋终止赎回。贷款人无力还款，贷款机构强行收回其房子。

是这个盒子。

艾玛转动钥匙，打开盒子。里面是一团乱糟糟的纸。她把纸拿到更衣柜上，看着上面密密麻麻的整齐的笔迹。是一封信，底下有夏洛特的名字。我对这一切十分抱歉，萨顿，夏洛特写道，她在“一切”下面画了三条线，不只是对加里特的事情表示歉意，而且当初你跟那个他处境艰难时，我也没能及时伸出援手，真的很抱歉。

我看着那封信。什么意思？什么处境艰难？“那个他”又是谁？我的脑海里突然闪现出一段记忆：我和夏洛特背着包，站在奥利耶高中的校园外面，埋着头说着悄悄话。她知道，萨顿，她真的知道，夏洛特对我耳语道，她不是傻瓜。你得考虑自己对谁忠诚。我试图再多想起一些，但这段记忆消失得比来时还快。

艾玛将夏洛特的信折好，放到盒子底下。里面还有张加布和莉莉申请加入谎言游戏俱乐部的字条，上面列出了允许她们加入谎言游戏俱乐部的原因，说什么她们“有绝妙的点子，擅长辨别真假”。接下来是一张德语试卷，答案都写在上面了，右上角写着“教师参考答案”的字样。艾玛一下把试卷扔了，好像那玩意儿着火了一般，像是多疑的范斯特马切尔老师会突然走进更衣室，抓她个现行。

喷头上的水滴声慢慢消失了。通风孔发出咔嗒咔嗒的声音，一声咳嗽在远处回荡。艾玛壮起胆子，继续在那堆纸里翻找着，很快找到一张罚单、一张上面用红色的大字写着F的单元测试卷，又找到一张折角的纸，上面用孩子气的歪斜字体写着：

亲爱的萨顿，对不起。我也不想这样对你，我不应该对你发脾气。我内心像是有什么东西逼着我这样做一样。但我很担心，除非我

们之间的关系会改变，我简直要崩溃了。——T

艾玛不知道他为什么要向萨顿道歉，但这封信看起来像是带着威胁的意味，字里行间恰好说明了塞尔易变的性格。艾玛重新看着塞尔的信，感到心里堵得慌。她已感到厌烦，不愿再去想、去猜。只有一种办法可以弄清楚到底怎么回事儿。

她必须去见塞尔。

Two Truths and a Lie

谎言游戏3真相不止一个

监狱里的访客

监狱跟警局相连，不过，监狱的入口是一扇独立的门，看守也不同。艾玛站在钢门前面，深深地吸了几口气，一时拿不定主意。过了好一会儿，一个身体肥硕、穿着海军服的光头佬拿着一本平装书大摇大摆地往门边走来，他瞥了艾玛一眼。“有事儿吗？”他问，腰带上挂着一串长长的银钥匙，“探监的时间差不多过去了。”他继续粗声粗气地说。

艾玛看了看她在萨顿的首饰盒里找到的卡地亚表，上面显示的时间是晚上七点四十二分。“我只需要几分钟就可以了。”她说，勉强挤出一丝甜甜的笑。

那名看守瞪着她。艾玛瞥了一眼那本书，封面上是一个背着剑的壮硕男人轻吻一个苗条的金发女人。艾玛小时候看过禾林[1]的言情小说，因为她养母的书架上尽是这种书。她一度以为《悲惨的船难》[2]封面上那个穿着深色衣服的海盗就是贝基。

那名看守终于把她放了进去。他拿出一个上面有签名簿的写字板，艾玛在“探访者”那一栏颤抖地写下“萨顿·梅塞”，在“囚犯”一栏中写下“塞尔·维加”。

她知道这样做十分冒险，她自己能够调查到的也就这么多了，现在必须亲耳从塞尔那里打探消息。进入监狱跟他面对面，他们中间会隔着防弹玻璃，这样的谈话应该是安全的。

看守瞄了一眼艾玛写的名字，点点头。“跟我来吧。”他领着她穿过厚厚的钢门，往下走上一条长长的过道。

第二名看守也穿着同样的海军服，结实的胸脯上有块名牌，上面印着“斯坦布里奇”的字样。他在一个四方形的小房间里等着艾玛，这个房间中间隔着厚厚的玻璃。发现那人不是昆兰，艾玛暗自高兴，她今天真不想跟他打交道。“你到时候就坐在这儿。”斯坦布里奇说着指了指玻璃对面的小隔间，另一边也有一个一模一样的隔间。

艾玛坐在一把橙色的硬塑料椅上。两块将她隔开的木板也算是给了她一定的私人空间，不过屋里空荡荡的，这两块木板显得毫无必要。木板上刻着：CP爱SN，我心永恒，1982年5月4日。还用彩色的标记笔和钢笔在上面加了色。

另一边的玻璃门打开了，艾玛有些胆怯，心都提到嗓子眼儿了。一个矮胖的看守陪着塞尔，他剃着西瓜头，皮肤有些苍白，紧紧地贴

① 全球最大的言情小说出版商。

② 英文书名为*Shipwrecked and Heartbroken*。

在骨头上。看到艾玛后，他突然站住了。塞尔的嘴巴绷得紧紧的。艾玛一度以为他会掉转头，走出门去。但那名看守将一只手按在塞尔的肩胛骨之间，稍稍推了推，他便走到了艾玛面前。

塞尔不情愿地往前挪了挪，在艾玛对面坐了下来。他拿起电话，那身橙色连身服的衣袖卷了上去，露出了艾玛在警局不曾见到的文身。手腕内侧是一只用墨水涂染的鹰，下面还文着几个极细小的大写字母：SPH。这就是麦德琳说的那个神秘的文身吗？

我也仔细地看着塞尔，打量他身上的每个部分。我试着想象自己曾爱过他，跟他有过一段浪漫的地下情。我冒着跟闺密决裂的危险，只为了跟他在一起。尽管死了，尽管我只剩下模糊的记忆，但对他，我心中仍然有一种莫名的冲动，就像有块儿磁铁吸引着我，让我尽可能地靠近他。但是，当我看到他那双深色的眼睛和恐吓的表情时，我也感到害怕。我知道还有一段我不曾发现的重要记忆，无奈那段恐怖的记忆我已记不清楚。

艾玛拿起电话，深吸了一口气。“我们得谈谈。”她尽量以强硬的语气说，“我想问你几个关于那天晚上的问题。”她说，意指萨顿死的那晚，“我想知道一切细节。”她又加了一句。

塞尔抬头看着她的眼睛。他眼睛下面有深深的眼袋，看起来像是好几天没睡觉了：“你收到我的信了吧？你不应该有问题呀，可你却装得像个神经病一样，是你毁了这一切。”

信？一种冰冷的感觉迎头向艾玛袭来。

他肯定是说萨顿的死，肯定是说那张写有“接着装下去……要不然下一个就轮到你”的字条，还有返校节那天他差点儿用吊灯砸死艾玛后在黑板上写的字。

艾玛想要张嘴说话，但一时不知道该怎么说才好。塞尔往后靠了靠，看着她，目光冰冷，像是一切都在他的掌控中：“难道你只是在跟我玩儿游戏？你难道没听说过吗，我并不喜欢跟人玩儿游戏，尤其是在只有我了解你的情况下。”

听到这话，艾玛整个身子突然感觉软塌塌的，握着话筒的手针扎似的疼痛，她挣扎着要将电话拿到耳边。这话再明显不过，塞尔知道艾玛的真实身份。是他干的。是他杀了萨顿。杀害姐姐的凶手此刻正坐在她对面。

“塞尔，你到底做过什么？”她压低嗓门儿问道。

我也好想知道。塞尔的每句话，他的一举一动，他浑身上下，似乎都散发着怒气。他说他爱我，可到头来，他怎么置我于死地呢？

“你难道不想知道吗？”塞尔咯咯笑道，露出两排洁白的牙齿，“你已经知道关于我的好消息了吧？他们下周就会审我了，我很快就会离开这里了。”

“你下周就离开这里了？”艾玛重复着这句话，开始颤抖起来。这意味着她只有八天安生日子过了。

“没错儿。我的律师说他会尽量撤销这个案子。再说了，我还没成年，他们却想把我当成成年人来告我，我律师说这完全是无稽之谈。其实这是昆兰在报复我，那家伙讨厌我。当然，他也讨厌你，萨顿。”他的眼睛一眨不眨地看着她，“等我出去了，咱们就可以面对面地好好谈谈了，就像过去一样。”

塞尔以极其平常的语气说出刚才的话来，但语气中带着讽刺和恨意。接着，他凑上前来，离艾玛的脸只有几英寸的距离。他的脑袋几乎靠在了玻璃上，艾玛能够看到他在玻璃上哈出的气。他的瞳孔放大，直到整个眼睛都成了黑色。艾玛紧紧地握着电话，感觉手指和米黄色的塑料电话之间沾满了汗水。他啪的一声将电话放到基座上，艾玛的耳边响起一阵混浊的嗡嗡声。

这时，一只手轻轻地拍了拍艾玛的肩膀，她吓了一跳，转身一看，发现斯坦布里奇面无表情地看着她："探监时间结束了，小姐。"

艾玛木然地点点头，跟着他走出房间。我也跟在她后面，但内心却一团乱。跟塞尔的会面，以及目睹看守轻拍艾玛肩膀的一幕再次打开了我的记忆之门。我闻到了萨比诺峡谷中灰尘和野花的味道，感觉冰冷的空气掠过我赤裸的皮肤，感觉到了那只紧紧抓住我肩膀的手——也许那只手就是塞尔的，也许他随即就把我杀了。

过去的记忆再次浮现在我脑海中……

Two Truths and a Lie

谎言游戏3真相不止一个

猫鼠游戏

我一转身，发现是塞尔，放在我的肩膀上的正是他的手。他看上去一脸的不开心。他把手猛地往下一按，手指嵌入了我锁骨上面柔软的皮肤。

“你弄疼我了！”我尖叫着说。但他很快用另一只手捂住了我的嘴，我哪里还来得及喊救命。他抓住我，将我从悬崖边上拖了回来，我的身体重重地撞在他的胸膛上。我在他的胳膊上乱抓，脚不停地在地上乱踢，手肘狠狠地捣向他的肋骨。我就像一只发怒的野兽，拼命地反抗，但就是不能摆脱他。他太强壮了。

“你要干什么……”嘴被他捂着，我说不出话来。最后，我终于挣脱开来，转身跑过一条寸草不生的小路。但他再次张开胳膊，向我跑来。我的脑袋转得飞快，绞尽脑汁地想说点儿让他冷静的话。我到底做错了什么，让他如此生气？难道是因为我提到了加里特吗？抑或是因为我逼他告诉我最近几个月他去了哪里？

“塞尔，求你了。”我哀求道，“咱们就不能谈谈吗？”

塞尔的眼睛里闪着怒火：“别说话，萨顿。”

他说着再次冲向我。我想大声喊出来，但我的嘴再次被他捂住了。他的运动鞋把脚下干燥的树叶踩得沙沙作响，接着，他使劲儿把我拉向他身边，我看着他的肌肉不停地绷紧收缩。他滚烫的呼吸掠过我的耳畔。我脚下有一摊殷红的血，一丝恐惧向我袭来。

突然，远处响起刺耳而清晰的尖叫声，分不清是动物还是人。塞尔一下分了神，转头看着声音传来的方向。他的手松了，我趁机一口咬住他的手掌，牙齿嵌入他的皮肤，我尝到一股咸咸的汗味儿。“你疯了吧？”塞尔尖叫着说。为了不跌倒，他不得已将手松开。我的腿感觉很烫，像是被注入了肾上腺素，我撒腿就跑。我一路狂奔，脚下树叶沙沙作响。我的头发早已被风吹得凌乱不堪，胳膊使劲儿地甩着。一根如纸片一样薄的锋利的树枝刮过我的面颊，我感觉脸上的皮肤湿了，也不知道是泪水还是血。

以前我和塞尔的关系倒也有过紧张的时候，但我从来没见过他这样疯狂。

我没命地往前跑去，冰冷的风拍打着我的身体。我听见了塞尔的脚步声，感觉他离我越来越近。不过，这条小道我走过很多次了，而且黑暗的环境也帮了我的忙。我从几棵带刺的牧豆树和灌木中穿了过去。这时，我突然听到塞尔的身体重重地撞在一棵树上，他小声骂了我几句。

我紧贴着一块我和父亲当年观看破浪堤的大石头，绕了过去。“萨顿！”一个男人的声音在喊，可能是被石头挡着的原因，那声音听起来不怎么像塞尔的。我继续朝前跑去，肺里像是火烧一般，眼泪顺着面颊簌簌而下，我的心因为恐惧怦怦直跳。

我冲过一片挡在路上的浓密树枝，一路跑下陡峭的山坡，朝一条横过小溪的细流跑去，那也是峡谷中唯一的水源。但我一不留神滑进了深沟，只得将高跟鞋踩进泥地里，才不至于跌倒。我的手一通乱摸，只想抓住什么东西，最后，我撞到了河床上一个盘曲的树根。接着，我触到了河底，赶紧站起来，往停车场的方向跑去。现在，我离那里很近了。我只用走到车子那里就可以了。

我沿着小路飞快地跑向停车场。脚踩着碎石路面，我差点儿摔倒在地。我终于看到了自己的车，感觉从没这么开心过。我三步并作两步跑过停车场，手忙脚乱地从钱包里掏车钥匙，终于摸到了那辆沃尔沃圆实的钥匙链，但我的手颤抖得厉害，钥匙竟然从我手中甩了出去，咣当一声掉在前胎附近的地上。“可恶。”我小声骂了一句。

“萨顿！”那个声音再次响起。

我转头看着塞尔从那边的空旷地跑过来。他离我越来越近，我看到他握紧拳头，肩膀绷得紧紧的。我大声尖叫着。那一刻时间仿佛静止了。我的四肢动弹不得。我拼命在地上找钥匙，但已经来不及了。他的胳膊扫了过来，我转身想逃。他的手指深深地嵌入了我的皮肤。

“不要，不要！”我尖叫道，他的皮肤在我身上摩擦着，我感觉火烧火燎，“塞尔，求你了。”

“相信我，”塞尔在我耳畔轻声说，“我比你更痛。”

我感觉他拖着我朝停车场浓密的林子里走去。但就在我想看清楚接下来发生了什么事情的时候，我最后的记忆像炸弹一样爆炸了，脑中再次一片空白。

Two Truths and a Lie

谎言游戏3真相不止一个

血不会撒谎

三十分钟后，艾玛在伊森家门口下了出租车。大雨倾盆，这样的天气在图森市的确少见。空气中闻起来有股臭氧和湿沥青的味道。他家前院的碎石路在月光的照射下闪闪发光。

艾玛冒雨冲过草坪，急急地敲着那扇白色的门。她将耳朵靠在木门上，终于听到走廊那头传来了脚步声。门开了，她看到了门厅，伊森睁大淡蓝色的眼睛看着她，他那头黑色的头发有些凌乱，像是刚才一直在睡觉。

“艾玛？”他小心朝前走来，摸着她的肩膀问道，“发生什么事儿了？”

“我一定要见你。”艾玛回头看了一眼，“我可以进来吗？”

伊森让到一边：“当然。”

艾玛把身后的门关了，一头扎进伊森怀里。她跟塞尔之间发生的事情压得她喘不过气儿来，最后，她将头埋进自己的手臂，至少哭了五分钟，鼻子也塞住了，眼泪将眼睛灼烧得很痛。伊森一直摩挲着她的背。

妹妹有人安慰我自然高兴，要是我也能遇见这样的男生该多好啊。毕竟，刚刚看到恐怖记忆的人是我，被心爱的人残忍杀害的也是我。我感觉像是内心已经被人掏空，但我总觉得我在巴士站接到的那个男人不会变成那样的疯子。我怎么这么傻，跟这种人在一起？

艾玛终于不再哭泣，抽咽起来，伊森将她领进厨房，绕过早餐台。沙色花岗岩餐台上全是外卖的餐牌。长长的木桌上放着两罐可乐，旁边是一个空比萨盒。起居室里传来犯罪纪录片刻板的对话声。他踢开卧室的门，打开灯。“坐吧。”他指着自己的床对艾玛说，“告诉我发生什么事儿了。”

艾玛一屁股坐在深蓝色的被子上，腿感觉麻麻的。她抓起一个填着棉花的枕头，抱在胸前。“我今天见过塞尔了。”她看着伊森紧张地说。

不出所料，伊森的脸一下子沉了下来：“你去探监了？我不是叫你不要去吗？”

“我知道，可是我……”

“你为什么不听呢？”

艾玛的眼睛里再次噙满了泪水。她现在不需要别人对她说教。“除了去见他，我真的不知道该怎么做了，”她辩驳道，“我需要找到答案，他把答案告诉我了，塞尔说他是唯一知道我真实身份的人。”

“他真这么说？”伊森睁大了眼睛。

“嗯，”艾玛点点头，“他还说起了他给我的信，想必是说他放在罗伦车里的便条，还有上次返校节活动时在黑板上写的字，伊森，我知道是他干的。”

伊森用手抱着头说：“真对不起。”

艾玛从口袋里拿出塞尔写给萨顿的便条：“这是我今天找到的。”她说着将字条递给伊森。

他皱着眉头看着那封信。看完后，他将信整齐地折起来，交还给她：“唉，看起来他在信中说得很清楚了，除非他们的关系更进一步，否则他就有可能伤害她。”

我知道。然后……他真的说到做到了。

听到艾玛的话，我有一种不寒而栗的感觉，过去的记忆再次在我脑海中旋转。塞尔到底把我带到哪里去了呢？肯定跟我的车有关，对吧？毕竟上面还有血，是我的血无疑。要是我能看到余下的记忆该多好啊。我感觉谜团马上就要破解了，现在就差最后一块儿拼图了。

“我每次见到他，他看我的眼神就像他知道我不是萨顿一样。”艾玛小声说，“塞尔肯定杀了萨顿，然后把我引到这里。”她轻轻地说，“想想看，反正他失踪了，他就不需要非得在某时某地出现了，行动也是完全自由的。他轻而易举就可以在图森市四下游荡，监视我，给我留字条，威胁我。”

“你说得对。”伊森轻轻地说，“这事儿对他来说简直是小菜一碟。”

“我完全被他控制了。只要我说出对他不利的话，他就会将我的真实身份告诉警察，警方就会认为是我害死了萨顿，到时候你的担心就会变成现实了。”她闭上眼睛，又抽咽起来，“他告诉我他的律师正在帮他打点，下周就能让他出狱了。没几天了！我该怎么办？”

“嘘。”伊森小声说，他牵起艾玛的手，放在他的牛仔裤上。“不会有事儿的。”他小声说，“塞尔现在还在监狱里，你仍然是安全的。而且咱们还有时间证明他犯下的罪。不是还有我吗？我不会让你独自承受这一切的，我会保护你的。”

艾玛将头靠在伊森的肩膀上：“没有你，我真不知道该怎么办。”

“没有你，我也不知道该怎么办。万一你有个三长两短……”伊森突然不说了，他的声音有些沙哑，“我真的无法忍受。”

听到他这番话，艾玛顿时放松下来。她忍住抽泣，冲伊森感激地笑了笑。她正要吻他，突然发现挨着他的床放着一本皮封日记本。那本日记本差不多翻到了后半部分，字迹整齐，一排排的很短，像是诗歌。这时，内疚感涌上她的心头，她突然记起恶作剧的事儿了。罗伦不是要她偷伊森的诗吗？她感到有些为难，不由得往后缩了缩。

“我还有别的事儿跟你说。”她说，“你可能会不高兴。”

伊森歪着头：“可以呀，有什么尽管说。”

艾玛盯着伊森跟她十指相扣的手，其实她也很为难，但她必须警告他。她深吸了一口气：“萨顿的朋友们想整蛊你，而且这个恶作剧跟你的诗歌朗诵有关。”

伊森吓得往后退去：“什么？”

“我本想阻止她们，可她们实在……”

伊森挥了挥手，打断了她的话。他用力眨了眨眼睛，好像艾玛刚才用铁锹砸中了他的脑袋：“这件事情你知道多久了？”

艾玛垂下眼睛。“呃，几天了。”她细若蚊蝇地说。

“几天了？”

“对不起啦！”艾玛大声说，“我也想制止她们的！这个主意不是我想出来的！”

伊森的表情慢慢地从愤怒变成了失望，最后变成了厌恶。“你走吧。”他木然地说。

“伊森，我……”艾玛想牵他的手，但他已经走到了门口。“伊森！”她在后面大声喊道，追到了走廊。在即将到达门厅的时候，她一把抓住他的胳膊，让他转过身来：“求你了！你不是说两个人应该坦诚的吗？我想……”

“你想错了。”伊森打断她的话，挣开自己的胳膊，“你当时就应该否决掉这个恶作剧的。她们都认为你是那个无所不能的萨顿·梅塞。你只要发话，恶作剧立马就会取消。你为什么不那么做？是因为你不想让她们知道我的存在吗？还是……”他的声音有些哽咽，用力清了清嗓子，“我是你男朋友让你觉得丢脸？”

“当然不是！”艾玛大声说，但伊森或许说得对。她为什么不一开始就否决掉那个恶作剧呢？她怎么能拖到现在才说？

伊森转动门把：“你走吧。就不劳你跟我说话了，请先记住自己的身份，艾玛·帕克斯顿，你不是你那个恶毒的姐姐。”

“伊森！”艾玛哭喊道，但他已经把她推到了门外，当着她的面把门关上了。外面雨下得更大了，艾玛分不清脸上淌着的是雨水还是泪水，她感觉自己像是失去了世界上唯一美好的东西。她双手合十，透过侧窗看着房子里面，看着伊森怒气冲冲地回到走廊，经过起居室的桌子时还将一堆书撞到了地上。

我真的不愿意看到这样的场景，现在我再次恨死谎言游戏了。如果我和我的朋友们不成立这样的俱乐部，艾玛现在就不会心碎了，唯一支持她的朋友也不会翻脸了。

艾玛按了好几次门铃，但伊森并没有应门。她又给他发了短信，求他跟她说话，他也没有回。时间一分一秒地过去，留在这里毫无意义——伊森的态度已经很明白了。她跌跌撞撞地穿过前面的草坪，全身很快湿透了，她也不知道该如何回到梅塞家。她刚要拿出萨顿的手机叫车，手机突然亮了。艾玛皱了皱眉头。是图森市警局的号码。一个恐怖的念头在她脑海中闪现：要是警方打电话来问她塞尔的事情怎么办？要是他已经被释放了怎么办？

“呃，喂？”艾玛在暴雨中大声说，努力抑制住声音中的紧张。

电话那头响起昆兰低沉的声音：“晚上好，梅塞小姐。你车上的血已经验出来了。”

艾玛顿时紧张起来。“是……是谁的？”她强撑着问道，确定对方会说是萨顿的。

“结果跟塞尔·维加完全吻合。”昆兰低沉的声音再次传来。

艾玛怔怔地站在街道中央，确定自己听错了：“是塞尔的？”

“没错儿。”昆兰说，“你知道他的血是怎么到你车上去的吗？维加先生还是不肯说。”

“我……”艾玛不说了，她不知道该说什么。现在，她停在一棵细长的牧豆树旁，努力平复自己的情绪。这样的结果她始料未及。

“萨顿？”昆兰再次提醒她，“你有什么想跟我说的吗？”

艾玛蜷缩在树下，尽管那棵树并不能为她遮挡暴风雨。其实她有好多话要跟他说，可她敢吗？她这次能让这名警探相信她是萨顿的孪生妹妹，而且她并非要偷走萨顿的生活吗？如果她告诉警察塞尔曾给她发过威胁短信，而且萨顿也是他杀害的，他会信吗？艾玛很是怀疑。没错儿，她的确在萨顿的更衣柜里找到了塞尔留给萨顿的字条，上面说他要崩溃了，她倒是相信这样的证据，可警察并不一定会将这样的字条当成真凭实据。

“我……对不起，我不知道车上为什么有血。”艾玛终于回答道，她闭上眼睛，脑子转得飞快，“车上还有别的指纹吗？”

昆兰叹气道：“就只有你和你爸的。这辆车也是你爸的，对吗？”

“呃，是的。”艾玛淡淡地说。她记得梅塞先生说过那辆车是他和萨顿一起改装的。

电话那头传来了一声咳嗽。“既然我们没有别的理由扣留你的车了，你现在可以来取车了。”昆兰粗声说道。

“谢谢。”艾玛说，但昆兰已经挂断了电话。她仍然将电话拿在手中，愣愣地盯着它，像是手中握着的是个怪物。风刮起一片冷冰冰、湿漉漉的叶子，贴到她的脚踝上。远处响起了引擎声。世界仍然跟往常一样运转着，但艾玛的感觉已经完全不同。车上的血是塞尔的。可是，他的血怎么会在车上呢？

我跟她一样震惊，又恢复了之前的记忆。没道理呀——当初塞尔像疯子一样追着我，我可没开车追他。那就只有一个答案了：我想方设法上了车，撞了塞尔，然后他才把我杀了。想到这个我有些开心，尽管塞尔可能害了我的性命，但我也没给他好果子吃。

Two Truths and a Lie

谎言游戏3真相不止一个

知女莫若母

那天晚上，艾玛躺在床上翻来覆去睡不着，看着萨顿闹钟上明亮的氖绿色指针。现在是凌晨两点十二分。出租车将她送回家后，艾玛一直在哭，嗓子都哭干了，几乎连吞咽都困难了。她从来没觉得这么困惑、孤独过。即使当初她离开亨德森，跟亚历克斯道别的时候也不曾如此；即使她必须一整月待在孤儿院里，社工迟迟不能帮她找到寄养家庭也不曾如此；即使贝基将她留在邻居家中，再也不回来带走她也不曾如此。

当年确实艰难，也让人伤感，但她离开亨德森后，她仍然可以给亚历克斯打电话。她在孤儿院中时仍然可以跟一起睡在双层床上的女孩玩耍。贝基走后，她仍然可以向她朋友的妈妈哭诉，说她想念自己的妈妈。

但现在，艾玛的心底埋藏着一个这么大的秘密，她确定这样的压力会让自己喘不过气儿来。现在，伊森又在生她的气，看起来他这次是真生气了，或许再也不会跟她说话了，现在，她连个帮忙的人都没有了。除了伊森外，她不能将自己的身份告知他人，不能罗列“我讨厌成为萨顿的若干原因”，也不能写下“我怀念做回艾玛的日子”，甚至连日记都不能写，要是被人发现，知道她的真实身份就糟了。

昆兰警探通知艾玛车上的血是塞尔的，这样的消息把她吓坏了。是萨顿开车撞他后留下的血吗？他的脚是不是因为这个才残疾的？麦德琳的声音再次在艾玛脑海里响起：他将来再也踢不了足球了。足球一直都是他的最爱，而且他很有天分。现在，他的前途全毁了。也许塞尔真有杀人动机。要是塞尔因为萨顿把他撞伤动了怒，而报复杀人呢？

艾玛钻到被子底下，头靠在细软的枕头上，软软的羽绒陷了下去。她感觉像是做了场噩梦。这样的事情为什么会落到她的头上？她留在这里又有什么意义？也许她应该再次逃离，再也不管这档子事儿。如果她想跑，现在就是最佳时机。塞尔还被关在监狱里，他不可能追查到她的一举一动。到时候她就彻底自由了。她已经十八岁了，还能获得高中同等学历证书，然后找个地方住下来，还可以申请州内学费[1]……

但是艾玛想了想，觉得自己不可能就这么一走了之。她现在正代替姐姐在生活，当初她是那么想了解姐姐，一心想为姐姐讨回公道。要是就这么放弃了，她永远不会原谅自己，因为如果放弃，那个害死萨顿的人、害得艾玛没有机会了解自己孪生姐姐的人就会逍遥法外。

就这样放过杀害我的凶手，简直无法想象，我真的没办法接受。希

① 州内学费一般比较优惠，可以省不少钱。

望艾玛能够坚持下去，尽管我知道她留在这里只会越来越危险。

艾玛蹬掉盖在腿上的被子，轻轻地走出卧室。她打开门锁，蹑手蹑脚地走过漆黑的走廊，下了楼梯，差点儿撞到罗伦留在最下面一层台阶上的一堆杂志。一盆蓬乱的龙舌兰在瓷砖地板上投下长长的影子。起居室窗外的水滴发出很大的声响，艾玛看到排水管里的雨水已经滴得很慢了。月光在挂在走廊上的全家福上投下怪异的影子。艾玛在大厅尽头的金框扇形镜面中看着自己的影像。她乌黑的长发松散地垂了下来，那张鹅蛋脸在黑暗中看上去就跟白纸一样。

她拐过墙角，进入厨房，赤脚走在冰冷的瓷砖上。她正要打开橱柜，隐约看见拐角处有个人影。艾玛吓得直往后退，臀部重重地撞在炉子镀铬的刻盘上。

“萨顿？”

艾玛定睛一看，发现是梅塞夫人，她手里拿着德雷克的项圈，弓着背往前走来。德雷克发出低沉的吠声。

“你这么晚到厨房里来干什么？”梅塞夫人站直了，随手松开了德雷克。德雷克走了过来，嗅了嗅艾玛的手，然后在冰箱的角落里蜷缩成一团。

艾玛将那头凌乱的头发扎成一个马尾：“我睡不着，想下来倒杯水喝。”

梅塞夫人把手放在艾玛的额头上：“呃，你没事儿吧？罗伦说你回家时全身都湿透了。”

艾玛挤出一丝笑容。“我没带伞，我记得咱们是住在亚利桑那州呀。”她看着梅塞夫人乱糟糟的头发和浴袍说，“你下来干什么？”

梅塞夫人漫不经心地挥了挥手：“哦，德雷克一直不老实，我起床让它出去。”她走到水槽边，倒了一杯水，在里面放了两块冰。冰块在水里融化发出嗞嗞的声音。接着，她坐在柜台旁边，将杯子递给艾玛，艾玛感激地喝了一口。

“对了……”梅塞夫人用手托着下巴说，“你为什么睡不着？想跟我聊聊天吗？”

艾玛趴到柜台上，叹了口气。其实，她有很多话想说，可她总不能告诉梅塞夫人萨顿被人杀了，但是她也许可以说说伊森的事儿，或许能获得一些建议。

“我伤害了一个我喜欢的男生，现在不知道如何弥补自己的过错。”她脱口而出。

梅塞夫人同情地看着她：“你试过道歉吗？”

冰箱里的制冰机新生成了冰块，发出轻轻的隆隆声。“我试过了……可是他不想听。”艾玛说。

“也许你应该再试试。想想自己到底错在哪儿了，看看到底怎样才能弥补自己的过错，再付诸行动。”

“我要怎么做呢？”艾玛问道。

梅塞夫人靠回椅背，手指摸过菠萝图案的洗碗巾：“有时候，光说并不管用，行动更有说服力。你要让他看到你真的感到抱歉，希望到时候能修复你们的关系吧。你是萨顿，好好做自己就行了。你必须明白，人难免犯错。如果他不能原谅你，那他也不值得你为他付出了。”

艾玛仔细想了想。梅塞夫人说得对：她只是犯了个错而已。也许她不能做好萨顿，但她肯定能做好艾玛。伊森说艾玛忘记了自己的身份，忘记了自己善良的本质。最近发生了很多事情，有时候的确很难记得自己的真实身份，很难了解自己真正需要什么。跟萨顿的不幸相比，她自己的需要显得多么微不足道。除了保证自身安全，找出杀害姐姐的凶手，其他的事情看起来是那么奢侈。

她决心已定，坐直了身子。她必须坚持自己的计划，必须证明塞尔是杀害姐姐的凶手，唯有如此，她才能做回艾玛·帕克斯顿。但是，在此期间，她必须尽量让自己表现得令人满意，尽管有些方面她做不到百分之百像萨顿。

艾玛起身拥抱了梅塞夫人：“谢谢妈，这正是我想听到的建议。”

梅塞夫人抱了她一会儿，又躺了回去，用惊讶的眼神看着这个她误以为是自己女儿的女孩：“真新鲜，这可是你第一次感谢我给你提建议。”

“哦，也许我早应该这么做了。”

看着我妈牵着德雷克，领着它上了楼，我感觉十分愧疚。听到我妈的话，加上我之前了解到的自己与父母的关系，我觉得我在世的时候从来没和我妈在深夜推心置腹地交谈过。之前，我只会将父母的话当成耳边风。也许，这样做是错误的，也许，这又是我无法弥补的遗憾。

我转身看着艾玛，她用手托着下巴坐在那儿，脸上露出一抹淡淡的笑。尽管我知道这种感觉是错误的，但我内心仍然感到一丝嫉妒。艾玛已经有点儿不记得自己的身份了，但她至少还有身体，还有身份。实际上，她现在具有我和她的双重身份，她必须为我们两个而活。

Chapter 22

救赎之旅

接下来的两天里，艾玛不再垂头丧气了，而是试图坚持自己的决定，在一些不经意的小事儿上表现出艾玛的善良，尽管这跟萨顿的性格相去甚远。她会转发推特姐妹新发的帖子，说什么找件漂亮的衣服真难，后面还跟着一个笑脸的符号。在网球比赛中，她还会称赞夏洛特击出的反手球。她甚至会告诉妮莎·巴内杰，她的发带很漂亮。妮莎听后尽管有些惊讶——甚至有些怀疑——但还是向艾玛道了谢。

但她跟伊森和罗伦的关系并没有改善。星期三，知道罗伦最喜欢吃石榴味儿的酸奶，在食堂排队时她把最后一瓶酸奶留给了罗伦，不过，罗伦只是嘟囔一声，不管三七二十一就拿去了。艾玛在大厅里看到伊森时，他只是将背包往肩头上拉了拉，冲过大厅，刻意避开她。

星期四的网球练习结束后，她扫了一眼停车场的车，发现那辆捷达车不在往常的车位上，她长长地叹了口气。

“罗伦又撇下你独自开车走了啊？”麦德琳手里抱着一堆书，站在艾玛后面说。她那双蓝色的眼睛看上去十分明亮，羽毛花饰的耳环轻轻掠过肩头。

“是啊。”艾玛没能掩饰住自己的愤怒，“这个星期她做得可真够绝的。”

麦德琳笑了，这也是艾玛这个星期以来第一次见她真正笑出来。“可不是。”她碰了碰艾玛的胳膊说，“别担心了。过段时间她就不会生气了，你看我跟你不是好好的了。”

这时，两个拿着旱冰鞋的一年级男生从艾玛身旁走过，互相碰了碰胳膊。有个人还看着艾玛的眼睛，咧着嘴夸张地笑着。他朝艾玛的方向点点头，抬起手，迟疑地打了下招呼。艾玛友好地冲他笑了笑。

麦德琳从皮包里拿出车钥匙：“要我送你回家吗？”

艾玛看着麦德琳的钥匙链说：“其实我要去一趟警局，我终于可以把我的车拿回来了。”

听到“警局”两个字，麦德琳心生惧意，她皱着眉头说：“你的车不是在拖车场吗？”

艾玛不由得感到一阵紧张。萨顿的朋友们都以为那辆车在拖车场，以为她的罚单太多，车才一直在那里，她只是没去取而已。她们压根儿不知道萨顿在她遇害那天已经把车取回来了，而且还用那辆车去接了塞尔。也许，塞尔正是被这辆车撞伤的。

“呃，拖车场满了，所以他们把车转移到了警局后面的停车场。”艾玛搪塞道，指望麦德琳能相信她的话。艾玛最讨厌撒谎，但她总不能说萨顿的车上有麦德琳哥哥的血吧？幸运的是，麦德琳只是耸耸肩，嘀嘀两声后就解开了那辆SUV的锁。

“上车吧，你可以少走两个街区了。”

艾玛钻进车里，将包放在大腿上。

“好吧，夏洛特的派对明天就要开始了，你兴奋吗？”麦德琳打开点火器问道，“我们好久没去张伯伦家吃饭了。说真的，我还真有点儿怀念科妮莉亚做的饭菜。你不觉得家里请了专职厨师很爽吗？”

艾玛嗯了一声，记起了她们在夏洛特家吃晚饭的事儿。张伯伦家请了专职厨师她并不惊讶，他们家住的就是豪宅。

“当然，我不应该这么说。”麦德琳做了个鬼脸，“如果我爸听见我说很想要个专职厨师，他可能会说我娇生惯养。”她翻了翻白眼儿，试图轻描淡写地笑笑，但她的脸皱成了一团。

艾玛咬着下嘴唇，感觉到了她的痛苦：“如果你还想跟我聊你爸的事儿，尽管跟我说。”

“谢谢。”麦德琳轻轻地说。她伸手去拿那个金属质地的桃粉色手袋，然后从盒子里拿出太阳镜，戴到眼睛上。

“你没事儿吧？你们的关系好些了吗？”艾玛追问道。

麦德琳没有说话，车子驶出停车场后，她才再次开口：“还是老样子。我不想回家。我爸随便去哪儿都把脚跺得砰砰响，而且，他跟我妈现在都不说话了。我想他们甚至都不同床了。”她那擦着亮色唇膏的嘴抿成了一条缝。

“我家随时欢迎你来住。”艾玛大方地说。

麦德琳感激地看着她。“谢谢。”她小声说，接着碰了碰艾玛的胳膊，“你以前从来不会说这样的话。”

听到这话，我有些恼火，要是我知道麦德琳需要，我也会邀请她来我家。

一分钟后，她们就开车来到了警局，麦德琳将艾玛在路边放了下来。

“萨顿？”她将头探出窗外说，“我很高兴咱们和好了。可能我不经常这样说，不过，你真的是我最好的朋友。”

“我也很高兴。”艾玛说，心里感觉暖暖的。

她随即走进警局，接待她的还是上次那个人，她从报纸上抬起头，仔细打量着艾玛。“又是你？”她说，声音中有些不耐烦。

*真专业！*艾玛想。“我来提用作证物的车。”艾玛干脆地说。

那个接待员转身拿起电话：“稍等。”

艾玛转了个圈儿，盯着布告牌。塞尔寻人启事的海报已经被取下，取而代之的是一张广告：*赫克特，好技工，朋友同分享。*

过了一会儿，那名接待员指着一个蹲在钢丝围栏网前面的警卫说：“莫里亚蒂警官会帮助你的。”说完嘴里吹出一个紫色的泡泡。接待室里弥漫着一股葡萄甜丝丝的味道。

艾玛走到外面，见到了莫里亚蒂警官，签了相关文件。莫里亚蒂打开栅栏，领着她来到一排布满灰尘的汽车旁。几辆宝马和路虎揽胜特别显眼，但那些车旁边有几辆破损不堪的车，看起来就像再走五英里车子就会散架。

“在这儿。”莫里亚蒂指着一辆上着抛光亮铬的绿色古董车说。艾玛看了看那辆车，十分惊叹。那辆车线条柔美，给人一种复古的感觉，要是她有钱，她没准儿也会给自己买一辆。感觉太酷了。

当然酷啦。看到我的爱车后我尖叫起来，但这种感觉悲喜交加。我再也不能坐在驾驶座上，体会柔软的皮革摩擦我的屁股的舒适感觉了。我再也不能换挡，感觉车的反应了。我再也无法体会将车窗摇下后开车行驶在十号公路上，风吹拂头发的感觉了。

艾玛从警察手里接过钥匙，仔细看着车的外观，想看看之前警察所说的血在哪里，但车上除了有个凹陷的地方外，什么也没有，也许当初萨顿就是用这个地方撞到了塞尔的腿。也许警方已经擦洗干净了。接着，她打开驾驶座一侧的车门，扑通一声坐在真皮座椅上，心中涌起一种奇怪的感觉。这辆车一看就符合萨顿的性格，像是她的孪生姐姐突然出现了一般。她闭上眼睛，像是能看到萨顿坐在驾驶座上，甩动头发，因为夏洛特或者麦德琳说了什么而大笑不已。艾玛把玩着后视镜上挂着的一个银质守护天使饰品，感觉仍能在空气中闻到萨顿身上特有的香水味儿。艾玛知道要是姐姐知道这辆车被扣留在警局接受调查，她会有多生气。

我会替你好好照料她的，艾玛摩挲着皮革包裹的方向盘想。我笑了。她最好帮我好好照料我的爱车。

这时，艾玛突然听到有人用手指敲打着玻璃，她吓了一跳，抬头一看，发现是莫里亚蒂警官。她慢慢摇下车窗。

“还有什么事儿吗，梅塞小姐？”他粗声粗气地问道。

“不，警官，我没事儿了。”艾玛尽量用无辜而令人信服的语气说，“太谢谢您了。”

“那你最好离开这里。”那名警官说，他的大拇指钩在皮带环里。

艾玛点点头，把车窗摇了上去，然后将钥匙小心地插进打火装置。她不用调整镜子或者座位，这些东西都在合适的位置，姐姐的东西非常适合她。她将车开出停车场，座位旁边有样东西吸引了她的注意。有什么东西嵌在皮质后座的折缝处，看上去像是一张小纸片。

她开车在马路上行驶着，直到警局消失在视线里。她停下车，开始研究塞在座位缝里的纸片，她扯了一下，随即皱了皱眉头。费了一番工夫后，她终于把那张纸片拉了出来。是一张残破的小纸片，上面潦草地写着“谢尔顿·罗斯医生”。字体歪歪斜斜，她立即认出了上面的笔迹，跟她在萨顿体育馆更衣柜里找到的那封信上的笔迹完全一样。是塞尔写的。

艾玛的心怦怦直跳。一辆警车响着警报从停车场驶出来，她回头望去。她一度痛苦地以为警察是冲她来的，也许他们故意在车里安排了这样的证据，就是要试试她，追究她不主动提供物证的责任。但那辆车呼啸着经过她身边，车里的警察手握方向盘，直视前方。她长吁了一口气。警察不是来追她的。她找到了新的证据，警方并不知晓。

我只是希望这张小纸片真能帮助艾玛查出点儿什么。

Chapter 23

精神病测试

艾玛开车行驶了一英里半，然后再次停车，这次她把车停在了图森市植物园的停车场上。透过车门能看到颜色鲜艳的花朵开得正欢。蜂鸟轻拍翅膀，飞向喂鸟器。但下午花园是关闭的，停车场里空空如也。看起来这里还真是个坐下来思考问题的好地方。她不可能等到回家后再去找谢尔顿·罗斯医生，她现在就必须把这事儿弄清楚。

艾玛从副驾驶座上拿起萨顿的iPhone，在搜索引擎里打出“谢尔顿·罗斯医生”。不出几秒，结果出来了，全美有几十个同名同姓者。在这些人中，有胃肠病学家、心脏病学家，还有研究“脉轮净化”的。上面还写有患者的评价，以及他们的地址和电话号码。搜索引擎上还跳出许多谢尔顿·罗斯写的论文，比如像这样的标题：大脑活动和健康的肝、健康的生活。还有头衔为博士[1]的人，其中就有弗吉尼亚大学教维多利亚文学的谢尔顿·罗斯博士，新罕布什尔州还有一个研究戒烟理疗法的博士，另外，马萨诺塞理工学院计算机系还有一个。

艾玛点了一下一个初级保健医生的链接。也许塞尔躲藏期间得了流感，或者感染了病毒。那个网站上面显示有六个医生在怀俄明州卫生院工作，那是一栋白色的砖砌楼房，谢尔顿·罗斯医生来自怀俄明州的卡斯珀，照片上的他长着一脸痘痘，得意扬扬地瞅着艾玛。这人看起来就不怎么像艾玛要找的人。

这时，有辆汽车鸣着喇叭从街上开了过去。接着，一群骑着极限小轮车的年轻人经过。街对面的加油站突然闪过一道影子，吸引了艾玛的注意，她仔细看了看，却发现根本没人。*冷静点儿，*她在心里提醒自己，*没人跟踪你，也没人知道你在这儿。*

她翻到另一页，找寻搜索的结果，其实她也不知道自己到底要找什么——也不知道要多久才能找到她想要的结果，但一定有什么不对劲儿的地方，她看到时就会知道了。艾玛一个链接一个链接地点进去，但毫无收获。十分钟后，正当她要放弃的时候，她突然看到华盛顿西雅图的一个网站上有个叫谢尔顿·罗斯的医生。她立即点开上面的页面，一下子屏住了呼吸。网站的主页是一只将翅膀张得很开的鹰，头高昂着歪向左边。爪子下面有三个大写字母：SPH。这只鹰看起来跟塞尔身上那个鹰饰文身极为相似。

她点击链接，脉搏开始加速跳动。照片上谢尔顿·罗斯医生一双黑色的眼睛几乎藏在了他厚厚的红框眼镜后面，像是正盯着她看。

---

① 艾玛所拾字条上标明的只是Dr.，英语中，医生和博士缩写方式相同。

此人是个大光头，下巴宽宽的，看上去更像摩托车主题酒吧的保镖，而不是医生。看到上面的介绍后，艾玛感觉胃里一阵恶心。那上面写着：谢尔顿·罗斯医生，精神病医生，擅长治疗精神病行为和其他严重精神障碍。他在西雅图精神病医院（SPH）坐诊。精神病医院。小屏幕上的几个字在艾玛眼前变得模糊起来。塞尔进过精神病医院？所以他的胳膊上才有鹰饰文身吗？萨顿失踪那晚他的精神状态到底怎样？

我又想起了他疯狂地在小路上追我那一幕。他像是突然失去了控制，也许当时他的药吃完了。

艾玛颤抖地拿起萨顿的手机，拨打了医院的主机。耳边响起了彩铃声，接着，一个女人接了电话："这里是西雅图精神病医院。"

"我打电话是想问你们是否治疗过一个病人。"艾玛说，"他叫——"

"对不起，小姐，这种资料是保密的，我们不能把病人的名字告诉你。"女人生气地说，啪的一声把电话挂了。

咄。他们当然不会泄露病人的资料。艾玛用手指捋了捋头发，寻思着要怎样才能找出真相。这时，一辆垃圾车隆隆驶过。一阵风吹来，空气中弥漫着腐烂的垃圾和花香的混合味道。艾玛又看了一眼对面的加油站，想找到那个幽灵般的影子。等她确定那里没人后，她清了清嗓子，又拨打了同样的号码。

"西雅图精神病医院。"这次是一个男人的声音。

"我想找谢尔顿·罗斯医生。"艾玛假装以专业的口吻说。

"请问你是谁？"那个声音听起来一点儿也不耐烦，好像他这辈子最讨厌的工作就是前台接待。

“我是卡罗尔·斯维尼医生。”艾玛不假思索地说出一个医生的名字。这是她最喜欢的儿科医生。说到儿科医生，艾玛至少认识十个，她曾在内华达北部的一个养父母家里住了十个月，斯维尼医生给包括艾玛在内寄养在那家的七个小孩治过病。他们的养母请不起保姆，所以，要是其他六个孩子中的一个病了，她就会带着他们去医生的办公室。斯维尼医生的候诊室里全是彩虹色的积木、破烂的毛绒玩具，房间中间红色的塑料桌上散落着彩色的绘本。艾玛和那几个孩子围着桌子互相追逐，发出很大的声音，斯维尼医生从来不会呵斥他们。

“请稍等。”那个男人回答道。

艾玛的心怦怦直跳。她等待的时候，电话里响起了轻柔的钢琴声。

“这里是罗斯医生办公室。”一个女人的声音在电话里响起。

“请问罗斯医生有空吗？”艾玛装出一副有急事的样子。

“不，他不在办公室，我能帮你给他捎个信吗？”

“请问你是谁？”艾玛问道。

电话那头的女人用力吸了口气。“我是佩妮，罗斯医生的护士。”那人最终说道。

“我是图森市医学中心的卡罗尔·斯维尼医生。”艾玛仍然火急火燎地说，好像有什么生死攸关的大事儿似的，“我这里刚刚收了一位名叫塞尔·维加的病人，他的情况很糟糕。”

“情况很糟糕？什么意思？”

艾玛感觉很愧疚，她讨厌这样撒谎。

但是我却对艾玛的机智佩服得五体投地。这还是那个质疑谎言游戏和恶作剧不道德的女孩吗？她现在竟然假扮医生，竟然想以这种方式窃取医院的绝密情报，这可是违法的。天哪，自从假扮萨顿·梅塞后，她的变化也太大了。

“他……呃……他昏迷了。”艾玛继续说，“我只想知道他是什么时候离开你们医院的。”

那名护士重重地叹了口气。“稍等，”她的手指在键盘上敲打着，“找到了。塞尔·维加断断续续在本院治疗过多次，今年九月二十一日他不顾医生的劝阻，自行出院了。对了，你刚才说你叫什么名字来着？是哪家医院的医生？”

艾玛很快挂了电话。她突然颤抖得厉害，电话从她手里滑落，掉到脚上。她既觉得难以置信又万分恐惧。她的推断没错儿。塞尔曾在精神病医院看过病，而且还断断续续去过多次，后来还违背医生的嘱咐，病没好就离开了医院。他以前可能——现在仍然可能——是个精神病患者。

我可能不该惹这个人。

Two Truths and a Lie

你以为你是谁？

“今晚肯定很好玩儿。”星期五早上夏洛特说，这会儿，她正跟艾玛在奥利耶高中的科学大楼上往下走，空气中弥漫着一股烧焦的化学物质和本生灯煤气的混合气味儿，“科妮莉亚会为我们准备一顿丰盛的大餐。到时候在我家里见，饱餐一顿后，出发去布置我们的秘密派对，听起来不错吧？”

“是啊。”艾玛谨慎地说，低头看着从萨顿打磨得厉害的牛仔裤里露出来的膝盖。她从来没想过花三百美元去买一条看起来这么“旧”的牛仔裤，干吗不去古德威尔买一条真正的旧裤子呢？

哼，是因为古德威尔的东西不上档次吧？我才不管艾玛多有本事，能够让那些廉价的东西看起来很时髦，在我的世界里，名牌至上。

“再见！”夏洛特大声说。两人随即转向外语楼，艾玛走进了德语教室，夏洛特则飞快地朝西班牙语教室走去。黑板上用白色粉笔写下的动词变位已经模糊，还有人在上面画了个皱着眉头的简笔人物画，旁边写着：只想逃离这个地方。空气中弥漫着一股淡淡的胶水味儿。艾玛看到伊森懒散地坐在教室的角落里。他抬头看了她一眼，很快望向别处。艾玛感觉胃一阵痉挛。

范斯特马切尔老师还没进教室，艾玛朝伊森的座位走去。她在那里大约站了十秒钟，他还是故意不朝她看。

“我们得谈谈。”她终于开口说道，语气很坚决。

“我想不必了。”伊森说，仍然看着窗外。

“我就要说。”艾玛抓住伊森的胳膊，拉他起来，把他拖出教室。几个路过的学生停了下来，盯着两人，可能在想萨顿·梅塞为什么会拉着伊森·兰德里。但艾玛并不在乎众人的眼神，她现在必须跟伊森把这事儿说清楚。几个学生经过大厅，在铃响之前匆匆朝教室走去。艾玛瞥了一眼左边，隐约看到范斯特马切尔走了样的身影正朝他们靠近。艾玛拖着伊森朝另一个走廊走去，希望没人看到他们。两人随即穿过双扇玻璃门，朝跟跑道相邻的草坪走去。

伊森的手深深地插进他土色工装裤的裤兜：“我们应该回教室。”

“我有几件事儿要跟你说。”艾玛打断他的话，朝小路走去，“你得好好听着。”

她打开大门，穿过白色起跑线前面延伸的一块草坪。银色的跨栏整齐地排列在那儿，一块儿被人遗忘的剪贴板旁边躺着一个翻倒的水瓶。他们慢慢爬上露天看台，鞋子踩在金属板上发出尖细的声音。艾玛走过中间一排座位，然后坐在坚硬的金属板上，伊森也跟着她坐了下来。风吹过艾玛的脸庞，她将长长的头发绑成马尾，转过头看着伊森。

“我也不想整蛊你。”她说，“从来都不想，而且我也没打算让她们这样做。可是发生了这么多事儿，在不暴露自己身份的情况下制止这个恶作剧实在太难了。”

伊森假装聚精会神地把玩着口袋的接缝儿。两个时装设计班的学生骑着自行车匆匆经过，显然也是逃课了。

“伊森。”艾玛沮丧地说，“跟我说说话！对不起！除此之外，我真的不知道说什么好。请不要再生气了。”

伊森终于长长地叹了口气，盯着自己的掌心说：“好吧，我也应该向你道歉。当时你说萨顿的朋友们要整蛊我……我真的气坏了。”

“我之前不是说过我会制止这件事儿吗，你为什么不相信呢？”

伊森摇摇头，良久才用缓慢而紧张的语气说：“你跟萨顿太像了。你穿着她的衣服，跟她的那帮朋友一起玩儿，甚至还戴着她的吊坠。”

“那又怎样？”

伊森脖子上的一块肌肉突然绷紧了。他随即望向了别处，艾玛知道他肯定还有其他从未告诉过她的心事儿。两人四目相对，艾玛分明看到受伤的表情从伊森淡蓝色的眼底闪过。

“这事儿我从来没跟你说过，”他终于开口说道，“一年级的时候，萨顿和她的朋友们刚刚成立谎言游戏俱乐部，她们整蛊了我。当时的情况简直太糟糕了，我梦寐以求的科学奖学金就这样泡汤了。我爸妈没钱。本来，那个名额非我莫属，但是被她们整蛊后……我落选了。”他的运动鞋敲打着露天看台，发出叮叮当当的声音，“我以为自己已经忘记这事儿了，但现在看来还没有。”

我迟疑地走到他们跟前，感觉难过极了。看来我的恶作剧真的伤害过很多人。我试图记起整蛊伊森的恶作剧，但脑海里一片空白。我对伊森的唯一记忆是上次他在沙漠里出面干涉朋友假装勒死我的恶作剧。那一刻，我真的很感激他救了我……但后来我又有些恼怒，因为他看到了我恐惧的狼狈样儿。

“她们到底是怎么整蛊你的？”艾玛问道。

伊森耸耸肩：“她们是怎么整蛊我的已经不重要了，反正她们毁了我的机会。”

艾玛牵起伊森的手，用力地握着：“听着，我不是萨顿，知道吗？也许我们在很多方面都很相似，但我绝对不会伤害你。你必须知道这个。”

伊森慢慢地点点头，扣住她的手指，也用力地握了握：“我知道，这几天我这么不近人情，我向你道歉。我应该相信你的。”

两人长时间没有说话，看着一群画眉落在跑道中央，振翅飞走了。“我现在倒有一条妙计，”艾玛脸上忍不住绽开了笑容，慢悠悠地说，“咱们就将计就计，整蛊她们。”

“你是说整蛊萨顿的朋友？”伊森脸上露出难以置信的表情，“你确定？”

“我确定。倒不是说我跟她们关系不好，但我总觉得应该以其人之道，还治其人之身。其实我也讨厌整蛊别人——但如果咱们这次让她们长点儿见识的话，说不定她们就不会再拿谎言游戏显摆了。”艾玛在看台上转过身来，面对着伊森，“萨顿的朋友们计划在诗歌朗诵比赛之前把你的诗偷走，然后用别人的名字贴到网上，到时候弄得像是你剽窃的这些诗歌。”

伊森吹了声口哨。“啊，她们这样做可真卑鄙。”他那双淡蓝色的眼睛变深了，盯着那边的跑道，“她们为什么要这样对我？”

天空中飘来一朵云，遮住了太阳，艾玛看着自己的影子消失了。“是因为罗伦在生我的气，她认为是我把塞尔害成这样的。罗伦是想报复我。她知道我……”艾玛尴尬地咽了咽唾液，“喜欢你，她是想找到我的痛处，狠狠地打击我。”

伊森的嘴角露出一抹浅浅的笑：“我知道了。那咱们老地方见，到时候再好好商议一下？”

“这样啊，那我觉得咱们得重新找个地方了，因为以前那个地方已经被罗伦发现了。”艾玛说。她心里感觉暖暖的，总算不用再纠结了。感谢上帝，伊森跟她重归于好了。“现在这件事情解决了，”她说，“我还有事情要告诉你。”她往跑道那边看了看，确保周围没人。

伊森的眉毛都竖了起来：“还有情况？”

艾玛说车上的血是塞尔的，而不是萨顿的，伊森难以置信地看着她。

“还不止呢，”艾玛继续说，“之前我去警局取萨顿的车，我还发现了一样奇怪的东西。”她随即解释了在车上发现写有谢尔顿·罗斯的名字的字条的情况，然后将她通过这张字条找到西雅图精神病医院的事情跟他说了，“罗斯医生的护士说塞尔不听医生的嘱咐，在九月二十一日离开了医院。”

伊森看着她，脸都白了。“塞尔精神有问题？”他摇摇头说，然后将手放在艾玛的手心上，“没错儿，肯定是他。他一气之下把萨顿杀了。现在我们要怎样做才能让你逃脱他的魔掌？”他抓紧她的手说，“我要如何才能保护你？”

艾玛深吸了一口气，伊森再次回到她身边，她稍微有些安心。“你没办法保护我，”她说，发现伊森脸色变了，她握着他的手继续说，“我们必须找出证据，证明是他杀害了萨顿。只有让塞尔永远待在监狱里，我才会安全。”

学校的门重重地关上了，两人不约而同地抬起头。下课铃响了，艾玛翘了一整节课。她上课从来没有迟到过，更别说逃课了，但终于跟伊森和好了，逃一节课也没什么大不了的。“我们应该回教室了。”她轻声说。

“一定要回去吗？”伊森问道，“我整个下午都想跟你在一起。”

“我也是。”艾玛小声说，然后她转过头看着伊森，想出了一个主意，“萨顿的朋友们正在策划一个秘密派对，我得早早去那里帮忙布置。你要一起去吗？我知道你不喜欢派对，但也许我们正好可以放松一下，我也不去想自己被精神病人穷追不舍的事儿了。”

“没意思。”伊森说着用手捋了捋头发，“但是……”他低头看着自己的跑鞋，“你确定要这样做吗？你的朋友们都会去那里。跟我一起出席那样的场合可不是萨顿的作风。到时候咱们也没办法将计就计，对付她们的恶作剧了。”

艾玛想了想。“那就不骗她们了。要让她们不再整蛊你，最好的办法就是咱们一起出席派对，尽管这不是萨顿的作风，但是我想这么做。”艾玛勇敢地说。既然她已经决定公开两人的恋情，她就一刻也不想跟伊森分开了。

Two Truths and a Lie

谎言游戏3真相不止一个

Two Truths and a Lie

谎言游戏3真相不止一个

警报响起

那天晚上，艾玛开着那辆沃尔沃拐进夏洛特家的环形车道，熄了火。张伯伦一家住在一栋有六间卧室的石砌房子里，二楼有两个突出的阳台。尽管艾玛来过这里几次，这样的豪宅还是让艾玛不由得惊叹。这么有钱的人她还是第一次遇见。

罗伦打开车门，钻了出去，都懒得感谢艾玛载她过来了。她们之所以结伴同行是因为不想开那么多车来参加派对，从而引起警方的怀疑。艾玛本想把罗伦留在家里，报复她多次将自己扔在网球课上独自回家，但她想了想，觉得这样做无助于修复她们的关系。

两人还没按门铃，门就开了，麦德琳冲她们微笑着，她穿着一条鲜红色的中长百褶裙。“你们好，亲——爱——的！”她夸张地叫道，“欢迎来吃饭！你们看起来美翻了！”

“谢谢。”艾玛羞怯地说，低头看着她从萨顿的衣柜里找到的单肩裙。之前她为挑件衣服可是饱受折磨，她至少试了六件才最终选了这一件。艾玛换了个发型，还精心化了妆，她很想找一条适合自己的裙子。这是她第一次和伊森在公开的场合同时出现，那些爱打听八卦的家伙肯定会对他们狂拍照片，传到Facebook和推特上。说来真是讽刺，以前，艾玛暗地里总是希望自己能成为学校里受欢迎的人，希望自己的私生活在社交网站上贴得到处都是，现在终于如愿以偿了，她却只想过低调的生活。

这可能就是这山望着那山高的心理吧，我想。

罗伦和艾玛跟着麦德琳走过长长的门厅，来到张伯伦家的大厨房里。那里简直就像《美丽家居》中的厨房，亚历克斯的妈妈格伦达总爱撕下这些书页，放在文件夹里，再标上“梦想之家”四个大字。空气中弥漫着一股炖肉和新鲜面包的混合气味儿，当然，还有夏洛特香奈儿邂逅淡香水[①]的味道。艾玛的目光不由自主地落在了厨房里的柜台上，几个月前，有人突然出现在她身后，用萨顿的项链勒住她的喉咙。

但现在艾玛确定那个袭击她的凶手就是塞尔。她看了一眼麦德琳，感到十分难过。要是她发现自己亲爱的哥哥是杀人凶手，她会怎么做？到时候对她的打击会更大：不仅发现自己的闺密死了，而且还会失去哥哥塞尔。

“要喝汽水吗，美女们？”夏洛特在冰箱门后面说。她穿着一件

① 香奈儿2003年推出的一款香水，以清新花香为主调，混合了风信子和鸢尾草味道的香氛。

黑色的紧身裙，皮质的三角形饰物交叉在她略显丰腴的腰间。艾玛觉得这条裙子不怎么衬她，但她不敢说出来。

“可惜咱们不能喝香槟！”一个声音尖声说道。张伯伦夫人从客厅里走过来，一只手放在夏洛特的肩膀上，“要是你们晚上不参加派对，我就为你们开一瓶凯歌香槟[①]。但我现在可不能让你们喝，你们还得开车呢！”

“没事儿的，妈。”夏洛特有些尴尬地说。要是图森市也有《家庭主妇》的真人秀，那夏洛特的妈妈当仁不让地会红。她看起来比实际年龄小十岁，夏洛特说她每个月都会打肉毒杆菌，而且花了不少时间在椭圆机上，她身上的行头比奥利耶高中的大部分学生都要时髦。现在，她穿着一件黑色紧身裙，做过丰胸手术的乳沟格外诱人。在艾玛看来，她更像是夏洛特的闺密，而不是妈妈。她跟她以前的养母们完全不同，那些女人只会冲她大喊大叫，社工来了还会叫她撒谎，这样她们每个月就能拿到补助了，其他时候连话都不跟她说。

“你们能来吃晚饭我太高兴了。”张伯伦夫人说，领着几个女生走进餐厅。桌旁有五个座位，每个座位前都放着一个席次牌，那情形看上去就像是她们在参加婚礼。艾玛在麦德琳对面，挨着夏洛特坐了下来。

趁张伯伦夫人走进厨房给大伙儿倒饮料的当儿，艾玛探身过去：“推特姐妹呢？”她突然注意到桌旁并没有人像往常一样发短信。

罗伦扫了一眼麦德琳和夏洛特，耸耸肩道：“你难道没听她们说

---

① 由法国第二大香槟生产商凯歌酒厂生产，该品牌创立于一七七二年，是深受皇室贵族及名人雅士喜爱的香槟。

吗？这会儿姐妹俩在美发店里呢。这可是她们第一次受邀参加谎言游戏俱乐部的秘密派对，她们不兴奋才怪。”

夏洛特看了看席次牌，又抬头看了看她刚从厨房返回的妈妈：“不用给爸爸预备一个杯子吗？”

张伯伦夫人的脸上闪过一丝紧张的神情。“他不来了。”她很快说，“你爸爸工作忙着呢。”

“又忙？”夏洛特提高嗓门儿说。

“能拿瓶桑塞尔干白葡萄酒给我吗，夏洛特？”张伯伦夫人紧张地说。接着就是一阵沉默。艾玛想起她第一天来图森市，在萨比诺峡谷看到张伯伦先生的情形，当时他本应该在外地出差。他也许藏着什么秘密，也许夏洛特和她妈早就怀疑他有外遇了。

夏洛特没好气地从水槽旁边的嵌入式冰箱里拿出一个略带桃色的酒瓶，将开瓶器插入软木塞，打开酒瓶，倒了一杯酒给她妈。然后她捏着装有巴黎水的酒杯柄脚，高高地举起酒杯。张伯伦夫人、麦德琳、艾玛还有罗伦各自拿起手中的酒杯。

“为这顿丰盛的晚餐干杯。”张伯伦夫人说。

五个人碰了杯，抿了抿杯中的酒。张伯伦家的私人厨师科妮莉亚顶着一头直直的花白头发，长着一张圆脸，只见她依次端上红色的烤土豆、一盘总汇沙拉和一盘热气腾腾的香蒜面包。

“跟我说说你们计划的派对呗。”张伯伦夫人吃了一口鲜美的肉后说，“这次又在哪儿？”

“呃，是在小镇那头的乡村俱乐部。”夏洛特撒谎都不用打草稿。看来她们并不打算告诉张伯伦夫人她们要去一栋止赎的房子开派对。

“估计没什么意思。”麦德琳说，“奥利耶高中的人都会去。”

“我们还邀请了几所预科学校的人。”夏洛特说。

“她的意思是邀请了预科学校的男生。”罗伦整理了一下羽毛状的发卡后说。

夏洛特假装嗔怪地打了她一拳：“我们让你参加就行了，别不识好歹。”

艾玛的眼睛依次扫过两人，觉得她们在张伯伦夫人面前谈论这种事情真是不可思议，当妈的不是反感自家孩子去参加派对的吗？但夏洛特的妈妈只是面带微笑，点点头，像是觉得这主意挺不错。

我记得自己在世的时候就非常嫉妒夏洛特有这样的妈妈，我也希望自己的妈妈能跟夏洛特的妈妈一样。但现在我在旁边看着这一切，看到我的妈妈跟艾玛在一起时那么好，我就不那么想了。夏尔的妈妈会在半夜跟女儿促膝长谈吗？她可能只会跟她分享一些整容的小诀窍吧？这让我再次意识到，之前我是多么不懂得珍惜妈妈对我的好。

这时，艾玛感觉大腿上电话在震动。她拿出电话，在桌子底下看了看手机屏幕。

你能来接我吗？是伊森发来的短信，我的车发动不了。

看到这样的信息，艾玛一下子紧张起来。两人真要公布恋情了，他们要一起去参加派对了。

当然可以。她回复道，我一个小时后到。她很快按了发送键。

“你给谁发短信啊，萨顿？”罗伦问道，从桌子对面瞄了艾玛一眼。

艾玛放在大腿上的手握成了拳头。“我知道就行了，你到时候就知道了。”她轻快地说。等她和伊森一起参加派对她们就知道了。她现在没必要说出来，免得她们在吃饭的时候叽叽喳喳议论个不停。

席间，张伯伦夫人回忆起了她精彩的高中生活，说起了她连续两年成为返校节女王的光辉史。等女生们把盘子拿到水槽，拿出装甜品的碟子后，艾玛起身告辞，说要去大厅的洗手间。她刚把手放在门把手上，就看到门厅附近闪着一道绿色的光。是张伯伦家的警报装置。

她看了看四周。女生们全在餐厅里，七嘴八舌地议论着罗伦最近跟凯莱布约会的八卦消息，张伯伦夫人则在后廊上抽烟，谁也没闲工夫看她。

她踮着脚走过门厅，看了看那个警报装置。那玩意儿只是简单地安装了一个LCD触摸屏，就跟iPad一样，上面有几个可以输入密码的按钮。不管是谁破解警报器，都必须用手指按压。如果塞尔在进来之后没有擦干净屏幕，那么也许他的指纹还留在上面。

“萨顿？”麦德琳喊道，艾玛抬头一看，发现麦德琳正站在门厅里看着她，“你在干什么？”

“在看这张照片。”艾玛撒谎道，指了指警报器旁边挂着的相框里保罗·麦卡特尼年轻时的黑白照片。

艾玛赶紧回到餐桌旁，张伯伦夫人已经给她们每个人用高脚杯盛来了巧克力慕斯。“这是科妮莉亚的招牌甜点！”她大声宣布道，“味道真是没得说！”

女生们啧啧地称赞着，开始吃起来。张伯伦夫人返回厨房后，罗伦从桌子那边探身过来，嘴唇上还留着一点儿巧克力。“你知道咱们还有什么好玩儿的事儿吗？别忘了整蛊伊森·兰德里。”她瞥了一眼艾玛，扬了扬眉毛，“我希望你今晚邀请他帮我们布置场地。”

“没错儿。”夏洛特拍拍手说，“这个恶作剧肯定好玩儿！”

麦德琳哈哈大笑。只有艾玛盯着自己的盘子，搅拌着剩余的菜，感觉一阵反胃。

桌对面的罗伦生气地噘起嘴巴：“怎么啦，萨顿？难道你觉得这个恶作剧不好？”

艾玛喝了一口巴黎水，泡沫撩拨得她的鼻子痒痒的。她心里非常清楚，现在她只有两个选择：要么随了罗伦的性子，继续把这个恶作剧玩儿下去，要么做回一次以前的艾玛。想到这儿，艾玛深吸了一口气。

“其实，我觉得这个主意一点儿也不好。”她说，“我们已经整蛊过伊森一次了，你们不记得了吗？我决定不参与这个恶作剧了，要去你们去。”

麦德琳一下子沉下脸来。夏洛特皱了皱鼻子。罗伦面颊都变红了。“你说什么？”她生气地说。

艾玛知道自己这样做算是给萨顿抹黑，但她顾不上那么多了。她站起来，将勺子放在她吃了一半的慕斯边儿上。“夏洛特，请转告伯母，感谢她让我吃了一顿这么美味的晚饭，现在我得去个地方，咱们派对上见。”她看了罗伦一眼，“你待会儿坐她们的车没事儿吧？”

罗伦惊讶地张大了嘴巴，没好气地看着艾玛，然后一言不发地看着艾玛高昂着头穿过房间，从前门走了出去。萨顿的几个朋友也只得悻悻地目送她离开。谁也没有说话。

可真有你的，艾玛。

Two Truths and a Lie

谎言游戏3真相不止一个

派对惊魂

艾玛在伊森家的车道上停下车，想到自己终于鼓起勇气反对她们的恶作剧，情绪十分高涨。从车里出来时，她的脸上还洋溢着灿烂的笑容。但当她看到伊森急急忙忙地从前门出来，重重地把门关上后，她脸上的表情马上变了。他好像是鬼鬼祟祟地溜出来的，心中有愧似的。

“没什么事儿吧？”伊森走到草坪上，艾玛迎面问道。

“没事儿呀。”伊森摸了摸他的一头短发，“我妈老让我做家务，就这点儿事儿。”

“了解。”艾玛说，“对了，我要不要进去跟你妈问声好？我想见见她。”

两人沉默了一小会儿。“下次吧。”伊森最后说，俯身吻了吻她的面颊，“你今天看上去漂亮极了，我喜欢你的衣服。”

你终于注意到了呀，艾玛想，心里一阵激动，下意识地将那条亮绿色的裙子捋平了：“你今天也很帅。”伊森穿着一条深蓝色的李维斯牛仔裤，一件橄榄绿的衬衣，纤细的腰身和宽阔的肩膀更加凸显。

艾玛指了指萨顿的车，伊森欣赏地吹了一声口哨，钻进副驾驶座：“我当初只是远远地看过这辆车——她的车停在停车场里，要是陌生人靠近，她准会抓狂。我从来没想过会坐在这辆车里。”

“萨顿脱胎换骨了不行啊？”艾玛咯咯笑道。

可你也不能乱来吧，我生气地想，你最好帮我好好照料这辆车，艾玛。

“派对会在山脚下一栋止赎房中举行，好像是在传奇大道上。”艾玛说道，“你知道在哪儿吗？”

“我来带路。”伊森咧嘴笑道，“派对竟然在一栋废弃的房子里举行，简直太疯狂了，听起来比在奥利耶高中举行的派对带劲儿多了。”

艾玛得意地笑了：“‘无因的反抗’先生，你到底参加过多少次派对？”

“你还真把我问倒了。”伊森低着头说，“我确实没去过几次。”

两人沉默了好一阵儿，空气中有种异样的气氛，或许是两人第一次以情侣关系正式亮相的原因。艾玛换挡后，快速将车驶出伊森家旁边的街道，感觉内心十分紧张。她瞥了一眼伊森，发现他正不断地舔嘴唇，也许他也很紧张。

“你的车怎么啦？”艾玛问道。

伊森耸耸肩：“可能只是打不上火了，我明天再修。”

他们将车开上主干道，经过萨比诺峡谷。艾玛突然害怕起来，这里正是当初她要跟萨顿见面的地方，也是警方找到萨顿这辆车的地方。

这里也许也是我用车撞了塞尔，然后他把我杀了的地方。

他们开着车在山路上越爬越高，在落日的余晖下，卡塔里纳山发着红色的光。公路弯弯曲曲，艾玛紧紧抓住方向盘，不停转弯儿。他们一路往北行驶，房子变得越来越大，越来越豪华。天色渐渐暗了下来，两人经过一片豪华的商业区，那里有商铺、健身馆、几个房地产中介所，小路尽头又出现了一个标记，岩石中矗立着几栋西南部风格的建筑。

“嘿，是那条街吗？”艾玛终于打破了两人之间的沉默，指着一块标记着“传奇大道”的黄绿色指示牌。

“看起来蛮像的。”伊森说，眯缝着眼睛看着朦胧的夜色。

艾玛开车拐上那条公路，差点儿撞上一个突然冲过小道的跑步者。人行道旁是一排排沙漠特有的灌木。接着，艾玛开车绕过一块似乎是从悬崖上掉落下来的大石头。

“咱们得找个隐蔽的地方停车。”她解释说，一边在路肩寻找合适的停车位，“小麦说我们不能把车停在房子前面——要是被警方发现，他们肯定会知道我们在那里开派对。”但是她也不想随随便便找个地方停车。萨顿的车曾经因为没交罚款被扣，昆兰警探随便找个理由就能让她再进警局。

公路呈之字形往前延伸，两边的土地寸草不生。“这里也没有别的房子了吧？”艾玛大声说。

“真奇怪。”伊森往车窗外望去，看到一根枝丫横生、像手指一样指着风挡玻璃的树枝，“也许房子周围的物业也都是原来的房主的。要说这里的景致还真不错。”

艾玛又开车行驶了半英里，终于看到一栋高高耸立的白色石砌建筑。椭圆形的拱门直冲夜空，闪亮的大窗户上装着漂亮的黑色百叶窗。房子一侧有个突出的大阳台，下面便是深达近百英尺的石头悬崖。前面，久未修剪的草坪上竖着一块“待售”的牌子。长长的环形车道上空空如也。旁边的公路上也没有一辆车。

“真漂亮。”艾玛将车停定，不由得惊叹道，“怎么没见其他女孩的车呢？按理说她们应该来这里布置现场了。”她看了看表。其实她已经迟到了——现在差不多九点半了。

“也许还有别的路绕到后面呢？也许她们选择了一条更远的路，以掩人耳目。”伊森解开安全带，两人随即下了车。

一轮银色的残月高挂天空。岩石之间吹来一阵风，将艾玛的头发吹过肩膀。她跟着伊森沿着小山丘上弯弯曲曲的石阶，往房子走去。

他们终于踏上小路，来到坚固的花岗岩砌成的光滑门廊上。伊森敲了敲门，看了一眼艾玛，两人等了等，他又将耳朵贴在门边。“真奇怪，我怎么没听到房子里有人。”他眯缝着眼睛说，“没有音乐，什么动静也没有。”

艾玛又敲了敲门。“喂？”她喊了一声，没有人回答。她背靠着橡树，试着扭了扭金色的门把手。门终于开了，里面一条双螺旋楼梯一直延伸到露天的二楼。

门厅里挂着一个水晶枝形吊灯。透过大天窗可以看到璀璨的星空。进门最右边的角落里放着一个落地式大摆钟，这是那里唯一的摆设。除此之外，屋内什么家具都没有。

“喂？”艾玛又喊了一声。她的朋友们应该早来这里布置了，但空荡荡的房子里只有她的回声。借着昏暗的灯光，她能看到角落里闪闪发亮的蜘蛛网。“没准儿她们还没来呢？”

“没准儿？”伊森往回走了几步，抬头看着楼梯。

哐当。

艾玛和伊森猛地回头。前门砰的一声关上了。

艾玛跑到门边，又试着扭了扭门把手，但门仍然纹丝不动。“谁？”她大声问道，整个身体就像被电击一般。前廊并没有窗户，所以她没办法知道是谁把他们关在里面了。

伊森将艾玛拉到身边。咔嚓咔嚓。指甲在窗玻璃上的刮擦声在空气中回荡。“谁？”艾玛尖叫道。

“有人在外面。”伊森说。他又拉了拉门把手，仍然没有反应。

“谁啊？”他压低嗓门儿说，“让我们出去！”

“天哪。”艾玛小声说，她吓得贴在伊森的胸膛上，紧紧抓住他的衬衣，“不会是塞尔吧？要是他从监狱里出来，尾随我们到这儿呢？”

一丝恐惧的感觉掠过我虚无的身体，我脑海中突然闪现一种可怕的想法。也许就是塞尔。要是他发现艾玛打了电话给他以前治病的医院，来这里杀人灭口呢？

“我不会让他伤害你的，”伊森说着紧紧抱住艾玛，“我保证。”

屋外再次传来呻吟声。接着又是一串刮擦声，像是有人想进来。“我们得躲起来，伊森！”艾玛看了看空荡荡的衣柜和光秃秃的墙壁说。她抓住他的手，往楼上走去，但她的鞋后跟卡在第一块楼梯板里了。她跌跌撞撞地倒向伊森，他一把搂住她的腰。这时，外面又响起砰的一声。恐怖的刮擦声再次响起。一个黑影掠过黑色的墙壁。接着，又是一声尖叫。

艾玛不由得尖叫了一声，外面的尖叫声又起，她随即站直了。

那不是男人的声音，而是女孩的尖叫声。很快，屋外传来了咯咯的笑声。艾玛突然闻到一股浓烈的香奈儿邂逅淡香水的味道。

艾玛一下子全明白了，她抓住伊森的手说：“这是个恶作剧，我们被整蛊了。是萨顿的朋友们搞的鬼。”

伊森还是一头雾水：“你确定？”

“我确定。”

伊森松了口气，垂下肩膀。他朝艾玛走近了些，顺着艾玛的裙子将手放在她光滑的后背上，将她拥到身前：“那这就是我遇到过的最好的恶作剧了。只要跟你在一起，即使整晚被锁在里面，我也不介意。”

艾玛又是一阵紧张，不过缘由跟刚才截然不同。现在，两人的身体紧紧地贴在一起，她想，不知道他能不能隔着她薄薄的裙子感觉到她的心跳。伊森歪着下巴吻她，她抬起头看着他的脸。两唇相触，她感觉自己像是突然有了活力，随即抱紧了伊森的脖子，迎着他的热吻，希望此刻永远不要结束。

这时，门嘎吱一声开了，冰冷的夜风用力地吹着艾玛的后背。麦德琳跺着脚走进房子，旁边跟着夏洛特、罗伦和推特姐妹，她们全都一袭黑衣，iPhone的闪光灯不停闪烁。

“逮到你们了！”麦德琳大声说。

夏洛特拍着手，推特姐妹发出兴奋的尖叫。“瞧把你们吓的！”加布尖叫道。

“才没有呢。”艾玛很快说。

“你们两个都吓到了。”罗伦得意地笑了笑，“你新交的男朋友不能给你安全感吗？”她瞟了一眼伊森说。

“我们也没白忙活，至少证实了你为什么不愿意整蛊他，”麦德琳摇摇头说，“要不要给我们介绍一下啊，萨顿？”

艾玛看着萨顿的这些朋友。刚才她和伊森接吻被她们抓了个现行，但她们并没有特别生气，也没觉得厌恶。她拉着伊森的手说：“这是伊森·兰德里，我……男朋友。”最后几个字提高了几个分贝，像是在后面加了个小小的问号。她看了一眼伊森，希望这么说伊森不会介意。伊森点点头，脸上慢慢浮现出一丝笑意。

“这样看来，你们两个正在谈恋爱咯？”莉莉问道。画得跟熊猫似的眼线看上去比平常更显夸张，也让她的眼睛显得更亮了。加布噘起嘴巴，模仿接吻的声音，罗伦和夏洛特在一旁咯咯地笑着。

艾玛也不由得笑了。“你们到底计划多久了？”她问道。

“自从罗伦解释你为什么不整蛊伊森，我们就开始计划了。”夏洛特玩弄着她一绺卷曲的红头发，“这个星期以来，我们一直都希望你自己能够老实交代。你饭后刚一离开，我们就行动了。莉莉和加布站在路基上，确保没人这么早过来。我们得确保你们进来的时候房子里没人，还得把房子搞得超级恐怖。”

“我们还把伊森车里的电缆线弄坏了，就是要让你去接他。”莉莉自豪地说。

“什么？”伊森张大嘴巴说。

加布不屑一顾地挥挥手：“别担心，到时候再接上就可以了，我在YouTube上看过相关的视频。”

伊森摇摇头，但还是笑了。

“那派对真是在这里举行吗？”艾玛问道。

“是啊！”罗伦高兴地叫道，指着餐厅角落里放着的两个艾玛之前没有注意到的塑料袋。接着，好像收到信号一样，门突然开了，一群学生冲了进来。棒球队的所有男生，妮莎和她网球队的队友，一群经常跟艾玛打招呼的学生，但许多人艾玛并不认识。最后，就连加里特也拿着一个大木桶进来了。但是，看到伊森和艾玛手牵着手，他的表情酸酸的。

“嘿，加里特。”艾玛试探性地打了声招呼，她也知道，即使自己试着向他示好，对方也不会买账。

加里特调整了一下手中的木桶，满是肌肉的胳膊一下子绷紧了。“你现在跟伊森在一起？”他生气地说。

“是的。”艾玛自豪地回答道，没有理会加里特怨恨的目光。她不愿意让别的事情影响今晚的好心情。事情突然感觉完美了。

不知谁带来的便携式收音机里突然响起了现代电子乐。有人把塑料杯分发了下去，杯子很快被倒满了。“哇——”夏洛特高声叫着，将手举过头顶挥舞着。艾玛把伊森拉到舞池里，也跳起了舞。

派对开始了。

Two Truths and a Lie

谎言游戏3真相不止一个

Chapter 27

Two Truths and a Lie

谎言游戏3真相不止一个

出狱

大厦很快人满为患。参加派对的人端着红色的塑料杯，酒酣脑热之际不忘打情骂俏。艾玛挽着伊森的胳膊在人群中不停穿梭，感觉有些日子没这么快活了。

“我去拿瓶啤酒来。”伊森说，看了一眼电话后将它塞进口袋，“你要吗？”

艾玛冲他笑了笑。“我还得开车回家呢，你不记得了吗？除非你今晚想跟我在荒郊野外露宿……”她指着宅邸周围岩石堆积的悬崖说。

伊森咧嘴笑了笑，探身过来，嘴唇紧紧贴在她的脸颊上，小声说：“你有什么好的建议？”

想到可以跟伊森通宵达旦地待在一起，她的面颊红了。“有人得遵守宵禁令呢。”她轻声答道。

“可惜。”伊森小声回答道。两人的嘴唇贴在了一起，一群年轻人吹起了口哨，艾玛感觉又是一通闪光灯闪过。萨顿·梅塞跟伊森·兰德里谈恋爱可是大新闻。但没人笑话他们，只是每个人都盯着伊森，好像他们现在才意识到他有多帅似的。

一群男生在墙角喝酒，还有些人在临时铺就的舞池上跳着迈克尔·杰克逊怀旧的舞蹈，艾玛感觉萨顿的钱包在震动。她松开伊森的手，叫他去帮她拿瓶雪碧。接着，她走出熙熙攘攘的人群，从钱包里掏出手机，发现有个未接电话。

通话记录上显示的是陌生号码，还有一个语音信箱提示。艾玛从房间这头望着伊森的眼睛，向他示意她马上回来。接着，她从满身是汗的人群中挤了过去，来到房子后面，希望这里会安静些。

她绕过墙角，走进厨房，那里的柜台上摆放着一些酒瓶、几包吃了一半的富瑞托薯片，以及一些被丢弃的塑料杯。有个留着黑色短发的女孩将龙舌兰酒和玛格丽特倒进搅拌机中，按了一下按钮，里面的混合物旋转起来。搅拌机发出尖锐的声音，厨房里很快弥漫着一股莱姆汁的香甜味儿，艾玛走到漆黑的走廊上，还是能听到搅拌机的声音，那股味儿也还能闻到。她扶着墙壁，摸索着方向，一步步地往后面的房间走去。月光透过开着的窗户照了进来，照亮了黑色的木地板。房间里只有两样东西：角落里放着一块开裂的长镜子，窗台上放着一个有着大理石眼睛的小娃娃。艾玛赶紧将目光从娃娃身上移开，看着怪瘆人的。

她点了点语音信箱的图标，将手机放在耳边，扬声器里响起一个低沉的声音：“你好，萨顿·梅塞。我是昆兰警探，我有话跟你说。请拨打我的手机，我整个晚上都会开机。事情紧急，请在听到留言后给我打电话。”

事情紧急？艾玛的指尖感到一阵刺痛。她拿起手机，准备拨号，外面突然传来咔嚓一声。她吓了一跳，回头望去。低音乐器的声音在房间里回荡，笑声在墙壁之间回响。尽管这里就她一个人，跟人谈话仍然显得太吵。于是她走出房间，再次看了一眼那个目光呆滞、有些怪异的娃娃，很快朝后门走去。

房子后面有个露台，突出的露台跟山岩相连。房子边儿上有条小径，艾玛随即朝那边走去，尽可能远离嘈杂的人群。脚下的树枝和干树叶沙沙作响。她查看着手机，找出了最近的未接电话。

昆兰在第一声铃响后就接了电话。

“我是萨顿。”艾玛颤抖着说。

“你好，梅塞小姐。”昆兰的声音听起来有些紧张，“我觉得应该让你知道塞尔被保释的事儿。我们也没办法，不得不把他放了。”

“什么？”艾玛倒吸了一口凉气，“这是什么时候的事儿了？”

“几个小时前。”

艾玛的心一下子跳得很厉害，像是要从胸腔里蹦出来一样。塞尔已经放出来几个小时了？“维加先生改变主意，给他交保释金了吗？”这事儿麦德琳知道吗？她为什么都没说呢？

“不是维加先生把他保释出去的。”昆兰说。

“那是谁？”艾玛问道，经过一块标记着小路入口的指示牌。

两人沉默了好一会儿，艾玛甚至能听到电话那头的呼吸声。“听着，”昆兰警探终于开口说道，“我知道那天在警局里见到塞尔你有多害怕。如果你有什么有关他的情况想跟我说，或者向我透露你为什么怕他，那么现在就应该告诉我。要说我一般不会相信你的话，但我知道你要么心里藏着什么秘密，要么真的在害怕什么。到底是什么，萨顿？”

艾玛的舌头舔过牙齿。要是她能将真相告诉昆兰，要是他相信她，那该多好啊。

“萨顿，塞尔躲藏了好几个月，结果又在你卧室里出现，”昆兰继续说，“如果他真想伤害你，我们可以保护你的。”

艾玛闭上眼睛。保护？这是她现在最需要的了。但即使她将真相和盘托出，昆兰也不会相信。他肯定会觉得这一切都是她编造的。或者，更糟糕的是，如果他真相信她是萨顿的孪生妹妹，他肯定会认为她就是凶手。“我挺好的。”她含糊地说。

电话那头的昆兰顿了一下。“那好吧。”他说，“如果你改变主意，你知道去哪里找我。”电话那头一片死寂。

远处传来了郊狼的嗥叫声，艾玛颤抖着将手机放进包中。她刚才犯了个天大的错误吗？塞尔出狱了，她应该告诉昆兰真相吗？

啪。

艾玛猛一回头，突然警觉起来。周围一片漆黑，刚才跟昆兰说话，她不知不觉走到了小径深处。现在，那栋房子已经不在视线之内。她转了个大圈儿，试图找到回去的路。风呼啸着穿过沙漠里的灌木丛。

“喂？”她大声喊了一句，四周一片安静。她朝一个方向走了一步，然后又走一步。“喂？”所有的声音都归于沉寂，她就像置身于一个无人地带。

她突然感觉后面有只手放在她的肩膀上。艾玛顿时僵住了，她的身体变得冰凉，突然意识到真不应该单独行走在漆黑的夜色之中。是塞尔。准是他！他回来杀她了，就像当初杀她姐姐一样。她一直都没有照他吩咐的做，一直没有好好跟他合作。

“萨顿？”一个声音小声说。

我名字的余音不断在我脑海里回荡。突然，那种通彻透明的感觉再次出现，还有那种熟悉的刺痛感，另一段记忆向我涌来。也许，我遇害那晚记忆的最后一块儿拼图回来了。我迅速被那段影像征服，任由自己沉溺过往。

T w o T r u t h s a n d a L i e

谎 言 游 戏 3 真 相 不 止 一 个

我们都是受害者

“萨顿！”

塞尔用力抓住我的上臂，将我拖进浓密的灌木丛中。我不停地踢打着，尖叫着，他再次捂住我的嘴，将我远远地拖离停车场。灌木丛越来越浓密，树枝刮擦着我的皮肤。泪水灼得我眼睛生疼，模糊了我的视线，但我没办法拭去泪水——他紧紧抓着我的胳膊，将我拖过泥地。

“塞尔，住手！”被他捂着嘴，我说不出话。我用力踢打着，树叶和泥巴都扬了起来。

塞尔小心翼翼地把我放在地上，我的身体紧靠在一棵树皮粗糙的大树上。“天哪，萨顿，你能不能消停一会儿，别这么大声叫唤了。”

我使劲儿掰开他的手，大口喘着气。我看到塞尔的肩膀放松了下来，准备再次大声叫出来。他垂下胳膊，将手放在膝盖上，累得上气不接下气。“你怎么跑得这么快？”他说，回头看了一眼，“我只是想保护你，现在咱们应该安全了。”

“等等，你说什么？”我用力眨了眨眼睛问道，塞尔从灌木丛中艰难地走到主道上，我良久才回过神儿来，追上了他，“谁在追我们？到底是谁啊？”

塞尔摇摇头。“你还是不知道为妙。”他喘着气说。

“塞尔，告诉我呀……”

我们身后突然传来汽车轮胎摩擦地面的尖锐的声音，我转过头一看，发现有辆车歪歪斜斜地开出萨比诺峡谷停车场。圆圆的车头灯发出淡黄色的光，车子迅速地朝我们这边驶来，我突然意识到那是我的沃尔沃——我和爸爸在车上装了复古的车头灯，跟现代的氙气灯不同。

这下，我既感到恐惧又觉得意外，飞快地跑下小路，差点儿撞到一棵仙人掌上。我转身看着塞尔：“有人在我的车里！”

“怎……怎么可能？”塞尔缓缓说道，仍在用力喘气。

但是，现在已经没有时间解释我把钥匙落在车门旁边的事儿了。那辆车呼啸着朝我们冲来，车轮摩擦着地面发出尖锐的声音。我看不清开车人的脸，那人手握方向盘，开着车朝我们冲来。塞尔一动不动地站在路中央。

“塞尔！”我尖叫着说，“快让开！”

可是已经太迟了，那辆车闷声撞到他身上。时间仿佛变慢了，塞尔重重地撞在风挡玻璃上。

“塞尔！”我再次大声哭喊道。

橡胶摩擦人行道发出尖锐的声音，车掉了个头。塞尔从车盖上滚落下来，那辆车加速开走了。车头灯突然熄了，车很快消失了，四周安静得可怕。

塞尔毫无生气地躺在坡道上，我踉踉跄跄地走到他面前，几乎感觉不到自己腿的存在了。塞尔的腿扭曲得非常厉害，头上全是血。他虚弱地看着我，低低地呻吟着。“哦，天哪。”我小声说，“我得赶紧送你去医院。”我的思维突然变得清晰，从口袋里掏出手机，“我来拨打911。”

“不要。”塞尔使出最后一点儿力气抓住我的手，“我不想我的父母知道我在这儿，他们不知道我回图森市了。”他喘着气说，“我得离开图森市，去别的医院。”

“不行，我现在没办法载你去任何地方。有个疯子偷了我的车。”我抗议道。

“罗伦，”塞尔将手伸进短裤口袋，掏出手机，“她有办法，我给她打电话。”

我心中的醋意油然而生。我不想让罗伦开车送他，我不想把他回来的秘密告诉我妹妹，但现在不是争风吃醋的时候。我一屁股坐到地上，感觉特别无助：“好吧，那就给她打电话。”

塞尔按下了号码，我听到电话里响起了铃声。“罗伦？”电话接通后他说，“是……我。”

电话那头的罗伦倒吸了一口气，她肯定不愿意相信。这个不难理解。据我所知，自六月以来，除了我，塞尔谁都没联系。

“我受伤了，”塞尔继续说，“我希望你来这里接我。”

塞尔摆了摆手：“我现在没办法解释，你来就可以了。我现在在萨比诺峡谷。”

然后他将其他情况跟她详细说明了，在罗伦说会过来以后，我感觉他脸上的表情顿时放松了下来。他挂断电话后，我把手放在他满是胡楂儿的下巴上。他身体冰冷，眼神像野兽一样，藏着一股野性。血从头上的伤口渗出来，每次稍微挪动一下，他都痛得龇牙咧嘴，他的腿被撞得很厉害。

“对不起。”我轻轻地说，尽量不哭出声儿来，“我不知道发生了什么事儿，也不知道谁在跟踪我们。我真不应该建议我们来这儿。”

“萨顿，”塞尔皱着眉头说，“这不是你的错。”

但我真觉得这就是我的错，之前我吓坏了，只想逃离塞尔，还把车钥匙掉在了车旁。我弯下腰，将脸贴在塞尔的脸上，低头看着他。我竟然怕他，我竟然相信了谣言，而不相信他是爱我的，真是荒唐。

当车头灯出现在路上时，我甚至没来得及反应，好像罗伦一直在拐角处等着一样。我站了起来，塞尔惊讶地看着我：“你去哪儿？”

“我得躲起来。”我对他说，“我不能让任何人知道我们之间有联系。况且，罗伦也不会向外人透露你回来的事儿，但如果让她知道我也知道这件事儿就不好说了。”

塞尔一脸吃惊地看着我，也许他甚至有些害怕：“可是……”

“相信我，”我打断他的话说，“这是最好的办法了。”我将唇贴在他的唇上，久久不愿离去，起身后，我告诉他，“我会尽快联系你的，我会给你写信。”

我从沙漠上一个隆起的小山丘爬了过去，藏在一簇浓密的灌木丛里。车头灯越来越亮，车子颠簸着开过小路，照亮了岩石和光滑的泥地。罗伦踩下刹车，将车停在路边。车门打开，她急匆匆地跳下车，跑到塞尔旁边，金色的头发上下翻飞着。

“塞尔！”她蹲在他旁边大声喊道，将手放在他的胳膊上，“出什么事儿了？你没事儿吧？”

“我不会有事儿的。”塞尔的脸都疼得扭曲了，“不过，我想我的腿断了。我要你送我去医院……我要离开图森市。”

“可图森市就有好医生啊！你可以……”

“不要争了，罗伦，求你了。”

罗伦点点头，盯着塞尔已经变形的腿，看上去害怕极了。“你要我做什么都行。”她说。我听得出，她坚定的语气是装出来的。

罗伦把塞尔挪到车后座，这样他坐下来的时候也能伸着腿了。他呻吟着躺在垫子上。我真想看看他，却只能看到那双悬在座位边缘的白色足球鞋。我的内心突然生出一种可怕的感觉：这可能是我最后一次见他，刚才我们那浅浅的一吻会是我们的永别之吻。

帮塞尔关上车门后，罗伦看了看空地周围的灌木丛，垂在身体两侧的手微微颤抖。她眯缝着眼睛，视线逐一扫过灌木丛，我无助地看着她。

我想躲起来，但已经太迟。我们四目相对。她眨了眨眼睛，用力吸了一口气，接着便跑到驾驶座上，重重地把门关了。

一股强风突然从我头顶吹过。我感觉自己的腿有些发抖，只得将手插进湿漉漉的泥地之中，以免自己跌倒。

罗伦将车掉头，驶过满是岩石的泥泞小路。她打开车头灯，照亮了前面崎岖不平的小径。车很快驶入夜色之中。我看着红色的尾灯消失在远处，试图不再去想塞尔，但我哪里控制得了。我想着车子每颠簸一下，他都会痛得直哆嗦。我想着什么时候才能再见到他——要是我们还能见面的话。我还想起了那个开我的车撞倒我男朋友的人……

可是……他到底是谁呢？

Chapter 29

Two Truths and a Lie

谎言游戏3真相不止一个

宛如毒药

艾玛猛一转身，以为在面前站定的人是塞尔无疑，在这样一个荒无人烟的沙漠地带，她硬着头皮，准备对抗那个身形比自己大两倍的人。但她定睛一看，发现罗伦那双蓝色的眼睛正恶狠狠地盯着她。

“你在这里干什么？”罗伦没好气地问道，放在艾玛肩膀上的手抽了回去。

艾玛松了口气，但身体仍然十分紧张。“只是想到外面散会儿步。”她说，松开了刚才握紧的拳头，将手放在身体两侧。

罗伦将一根手指放在嘴上。“等等，让我猜猜。”她说，话里透着恼怒，“既然塞尔出狱了，你肯定是到外面给他打电话吧？”

听到这话，艾玛心里一惊：“你知道他出狱了？”

“哼，你以为这世界上就你一个人知道这事儿呀？”

罗伦阴沉着脸说，“我希望你别再去害他了。他也不再需要你了，萨顿。你对他造成的伤害已经够多了。”

艾玛盯着她说：“你在胡说什么啊？”难道罗伦说的是萨顿用她的车撞伤塞尔的事儿？可她是怎么知道的？

罗伦双臂抱在胸前，翻了翻白眼儿说：“我烦的就是这事儿。你藏有天大的秘密，别以为我不知道。”

艾玛惊愕地看着她。晚风吹过，两人陷入了沉默。艾玛感觉心中一阵恐慌。藏有天大的秘密？她是在说艾玛的真实身份吗？她知道这个秘密了吗？是塞尔告诉她的吗？

“你难道就想站在这里装聋作哑吗？”罗伦睁大眼睛问道。

灌木丛里突然传来一阵细碎的刮擦声，好像是什么动物突然从仙人掌旁边跑过。艾玛的小腿肚一阵抽搐，她努力地站稳了。现在她最不愿意让罗伦看到自己心中的恐惧。

“而且当初也是我救的他。”罗伦生气地说，将那头深金色的头发扎成一个马尾，盯着艾玛，像是等着她为自己辩护似的。

低沉的嗡嗡声响起。艾玛不知道这是来自派对的音乐声，还是远处的虫子振动翅膀发出的声音。罗伦是怎么救他的？难道是从萨顿手里救的他吗？

“我不知道你在说什么，罗伦。”她思忖再三后说道，尽量使声音听起来让人觉得很无辜。

罗伦歪着头，将高跟鞋踩进泥地：“塞尔在萨比诺峡谷被车撞倒后，我看见你藏在灌木丛里。他不愿意承认，但我知道你跟他在一起。”

罗伦挪了挪身子，将双臂交叉抱在胸前。“你为什么要躲起来？

你为什么要把他推给我？就是想让我送他去医院吗？你这点儿事情也做不了吗？”她拉长着脸，摇了摇头，“难道这是你常用的伎俩？”她久久地盯着艾玛，压低嗓门儿，“你捅了大娄子，到头来却没办法收拾了。”

“我没有！”我冲罗伦大声吼道，“我藏起来是因为我害怕你知道我也在那里，那你就不会送他去医院了，我是为了他好！”但是，当然，她听不见我说话。我再次想起了那段记忆。之前我竟然相信塞尔是杀害我的冷血杀手，我真觉得自己好蠢，现在我才意识到他只是想保护我。看到他躺在那里我心如刀绞，现在，这种感觉是如此鲜活。

谁会用我的车撞他，然后迅速驾车离去呢？也许就是之前那个追逐我们的人。这意味着塞尔就算不知道我已经死了，也可能知道杀害我的凶手是谁。

听到罗伦的话，艾玛惊讶得睁大了眼睛。她试图理解其中的意思。其实有些话并非毫无逻辑可循——塞尔的腿的确是被车撞瘸的。但她不知道那天晚上罗伦也牵涉其中。而且从罗伦的口中也可以得知，萨顿并不是开车撞塞尔的人。

“你还知道些什么？”她慢慢地问道，“你还看到了谁？”如果罗伦看到萨顿藏在那儿，那么她也许还看到了别人，那个害死萨顿的真正的凶手。

岩石那边又传来郊狼的嗥叫声。罗伦望着声音传来的方向，叹气道：“如果你是问我有没有看见你们在一起厮混，这个我还真没看到。我也不知道是谁开车撞的他。他什么都不愿意跟我讲。你知道是谁撞的他吗？是你不让他说出真相的吗？”

“我什么都不知道。”艾玛说。这话倒也不假。

罗伦的真丝裙被风吹得鼓了起来，她用手拂过裸露的胳膊。“这个月来，你老是想向我打听八月三十一日那晚的事情，老是想让我说出我跟塞尔在一起的事实。你以为我不知道你也在那儿吧，所以你一遍又一遍地问我那晚干了什么，对吧？因为你想知道我有没有看见你，是吗？那我现在就告诉你，我看见你了，看见你藏在灌木丛里了，还知道你在塞尔最需要你的时候把他抛弃了。”她皱起眉头，做出极为厌恶的表情，“你怎么能这样？他进入你的卧室后，你怎么能那样失魂落魄地尖叫？你是想毁掉他的一生吗？”

“对不起。”艾玛脱口而出。

“你以为一句‘对不起’就完了吗？”罗伦咆哮道，“你必须离他远点儿。他都跟我说了，每次你在他身边他都会出事儿。”

“等等，这真是他跟你说的？”艾玛想了想问道，“他什么时候跟你说的？”

罗伦将手叉在臀上：“在去医院的路上。真正关心他的人是我，萨顿。是我送他去的医院，他在那里动了一个晚上的手术。既然你现在有了新欢，跟新男朋友如胶似漆，想必还不知道是谁付的保释金吧，也是我。”

“你付的保释金？怎么可能？”

罗伦再次将双臂抱在胸前。“如果你非得知道的话，我也不瞒你，是我平时省下的钱。还有奶奶几年前给我的债券和这次的捐款，钱肯定够了。当然啦，你哪会在意这个呀？你根本不关心塞尔。所以，你还是不要再去烦他了好吗？”说完这些，罗伦转过身，朝举行派对的房子走去。

艾玛捧着脸，脑海里一遍又一遍地回忆着罗伦刚才说的话。形势有变。看来塞尔并非杀害萨顿的凶手，他没有害死萨顿，后来罗伦还把他送去了医院。但还有很多谜团。撞塞尔的肯定是萨顿的车，可是开车的人又是谁呢？那天晚上还有人跟他们在一起吗？那人难道想拆散他们？要么就是有人偷走了萨顿的车？

要是我当时知道塞尔只是想保护我，知道我们到底在躲谁，知道开车撞他的人到底是谁，该多好啊。

但我对这些一无所知。我只看到罗伦开着车，载着塞尔飞快地消失在黑暗中。我突然意识到一个可怕的事实：我和艾玛又回到了原点。

Chapter 30

Two Truths and a Lie

谎言游戏3真相不止一个

重遇前男友

星期六早晨，艾玛将萨顿那辆沃尔沃开进乔氏超市的停车场，慢慢将车停在商场前面一个不错的停车位上。她熄了火，打开梅塞夫人早上给她的购物单，上面写着芝麻酱啦、泡菜汁啦、不加糖的杏仁乳啦之类。“你也知道奶奶的脾气。”梅塞夫人把购物单交给她时，对每样物品都解释了一番，“你得完全按照我说的去买，否则我婆婆没好果子给我吃。”全家人都在为下周梅塞老夫人的到来做准备，她将来这里参加儿子的生日派对。看得出来，梅塞老夫人并不是好对付的。

看着顾客面带微笑提着棕色购物袋从杂货店里走出来，艾玛叹了口气。他们看上去是那样开心，那样无忧无虑。她可以断定，在乔氏超市的这些顾客中，昨天晚上也就只有她在为寻找杀人凶手而绞尽脑汁。

她一下车，脖颈后面就感觉到了图森市炙热的空气。

她随即将栗褐色的头发绑成马尾，在车玻璃上照了照。她正要从前门进去，突然发现一个熟悉的身影从停车场停定的一辆深蓝色宝马里下了车。她的胃一阵痉挛，脸颊发烫。

是塞尔。

他并没有看见她。艾玛可以转身往相反的方向跑，但现在她已经知道他是无辜的了。她应该向他道歉。艾玛走过停车场，双腿有些哆嗦，但她仍然硬着头皮走向他，最后在离他几英尺的地方站定。“塞尔。”她颤抖着说，他身上仍有什么东西让她感觉特别紧张。

塞尔转过身来，眯缝着眼睛。他那件白色T恤有些皱，军绿色的大口袋短裤松松垮垮的，像是有些大。他紧绷着下巴，捋了捋头发：“噢，嘿。”

“你出狱了？”艾玛说，话一出口就觉得这个问题问得真够蠢的。

“有问题吗？”塞尔靠在那辆宝马的车盖上，仔细地看着艾玛，好像已经知道她并不是自己爱过的那个女孩。但艾玛之前只是想多了，她现在知道塞尔不知道萨顿有个孪生妹妹的事儿，他不是害死萨顿的凶手。

“听着，我对你的遭遇表示抱歉。”她轻轻地说，“我是说那天晚上的事儿，还有你去医院那件事儿。”她盯着塞尔的眼睛，想让他相信自己，想让他知道萨顿并不想伤害他。

我也想让塞尔明白这一点。

塞尔脸上的表情温和了一些，他心不在焉地摆弄着肩膀上挂着的黑色背包的带子：“听着，萨顿，我不能跟你在一起了。”

“我知道。”艾玛很快说，突然紧张起来，她一只手遮在前额上，挡住阳光，穿着萨顿那双人字拖的脚不安地挪了挪，“罗伦告诉我，每次我在你身边都会将你的生活弄得一团糟。”

一丝困惑的表情掠过塞尔的脸。“呃，不是这样的。我不能跟你在一起是因为你爸警告过我，我今天早上接到他的电话了。”提到梅塞先生，他脸上的表情一下子变得难看了，“他说如果再抓到我跟你和罗伦在一起，他就会想办法把我送回监狱。”

艾玛皱了皱眉头：“他为什么这么恨你？”

塞尔歪着下巴，不解地看着她，那表情好像在说萨顿应该知道这个问题的答案。

“我是说……”艾玛继续说道，但欲言又止，像是塞尔会替她把话说完。但他只是将眼睛眯成一条缝，意味深长地看着她。

“我该走了。”最后他小声说，朝商场走去，但没走几步，他又回过头来，用那只晒成褐色的手摸着后颈，“其实，我还有问题问你。”

艾玛用力咽了咽唾液。几排车远的地方，有辆车的防盗器发出嘟嘟的声音。一个上了年纪的人将一个空购物车推到一排购物车里。她盯着塞尔，等着他的问题，希望自己知道答案。

塞尔低头看着他那双磨损得有些厉害的匡威鞋：“你为什么不回我的信？”

艾玛努力地在脑海里搜寻。要是之前塞尔提到信，那肯定是指夹在罗伦雨刷下，警告艾玛萨顿已死叫她好好合作的字条，但她现在意识到他另有所指。

“我不停地给你发电邮。”塞尔继续说，“但你从来不回我。是因为那次事故吗？因为我的腿断了，再也不能成为体育明星了吗？”

“根本不是这样的。”艾玛轻声说。

“当然不是这样的。”我也在一旁小声说。

艾玛的脑袋转得飞快，试图将塞尔的话串联起来，弄清楚其中的意思。萨顿和塞尔私底下确实用电邮联系过。那天晚上他们见最后一次面之后，萨顿再也没办法回信了，因为她已经死了。自然，当艾玛取代萨顿的位置后，那个隐秘的电邮地址她也无从知晓。“没有联系你，真对不起。”艾玛说，“我本想……”

“算了。”塞尔打断了她的话，他耸耸肩，抬起头久久地盯着她，“我好想你，萨顿。你走出我的生活，不跟我联系，我真的很生气。当初你是唯一理解我的人，但你表现得好像根本不认识我似的。星期六那天晚上，我去你房间本是想告诉你我去哪儿了。我还给你发了电邮，说我会来找你，但我想你应该没收到吧。那天你看起来好像很害怕我，好像我要伤害你一样。”

“我知道，对不起。”艾玛垂着眼睛说，“我很困惑，也很惊讶。我的行为很蠢，是我误会你了。”

“我只是希望你能听我说。”塞尔说。他看上去是那样无助，艾玛伸出手，抚摸他的胳膊。他没有走开，于是艾玛往他身边靠了过去，将手放在他的肩膀上，用力捏了捏。起初，塞尔只是僵硬地站在那里，毫无反应，但他很快心软了，将头埋在她的脖子上，手在她的胳膊上摩挲着。这样的动作如此动情，如此真实，艾玛总算明白他有多爱萨顿了。

我的心好痛，直到现在我才知道自己有多爱他。我真的好蠢，竟然让他那样走了。要是跟罗伦一起陪他去医院，要是我们一起坐车去，也许我也不会死。

塞尔从艾玛的肩膀一直摸到她的手腕，然后才将手拿开，看上去有些羞怯。“我不应该生气，真的。”他说，“你不看我的信、不回我的信肯定也有你的理由。我知道我的言行太过分，我知道我容易动怒，忽冷忽热。而且我也没有把所有的实情都告诉你。那时你想知道我发生什么事儿了，我却从来不跟你说。但是，这并不是因为我不相信你，而是因为……我说不出口。”他笑了笑，带着些许伤感，“我去戒酒了，萨顿，这事儿别人帮不上忙。我经常动怒，只能靠酒精麻醉自己，但这样做无异于饮鸩止渴。”

“戒酒？”艾玛眨了眨眼睛，“你……没事儿吧？”

塞尔点点头。“我遇到一个非常不错的医生，他给了我很大的帮助。”他说着卷起衣袖，给艾玛看了那个飞鹰的文身。

艾玛看着他，想起她跟谢尔顿医生的护士的通话：“你一直都在戒酒吗？”

“当时因为腿撞断了，我只能待在医院里，后来我没听医生的话提前出院了，但我当时是准备回图森市见你的。”塞尔饱含深情地说，“我把自己的行踪也跟父母说了。我爸当然很害怕，但他后来想通了，特别是我现在已经戒了酒。他甚至让我回家，不过，到时候还得看我们相处得怎么样。”

“呃……那太好了。”艾玛缓缓地说，这下她全明白了。她想起了西雅图精神病医院的网址。艾玛还以为塞尔被关在医院的精神病房，但精神病医院显然也有康复中心。

“还有这个，”塞尔晃了晃手腕上的手环，苦笑着，“你还记得吗？我们还为这事儿吵过架呢，我当初说是个女的为我做的。可是萨顿，她都五十二岁了，是个有夫之妇，还有三个孩子。”

我长长地吁了一口气，想起我和塞尔在萨比诺峡谷吵架的事儿了，当时正是这件事情引发了一连串奇怪的反应。我醋意大发，以为塞尔背着我去了什么好玩儿的地方。要是他当时就告诉我实情，要是我不那么草率地得出结论该多好啊。

塞尔也吁了一口气，将一只大手放在车盖上：“知道吗，萨顿，你好像……变了很多。发生什么事儿了？”

艾玛舔了舔下嘴唇，嘴角尝到一丝西瓜味的唇膏味儿。毫无疑问，塞尔对她的双胞胎姐姐十分了解。此时此刻，她真想将真相告诉他，现在她也知道他是无辜的，知道他深爱着姐姐，也许他还能帮助她和伊森。但她现在还不是特别了解他，还不敢将这个秘密告诉他，至少现在还不行。

“我什么都没变。”她伤感地说，“我还是原来的我。只不过……成熟了一些。”

塞尔点点头，尽管看上去他好像不知道自己在说什么。“我想我也成熟了一些，”他喃喃道，“戒酒和监狱里的经历会让人成长。”

他们看着对方。艾玛不知道应该再说些什么。结果，她只是耸耸肩，轻轻地对他挥了挥手，转身朝商场走去。当她回过头来的时候，塞尔仍在看着她，也许是希望她能回到他身边，但她做不到。塞尔不是自己的男朋友，伊森才是。

艾玛没有回去，塞尔的脸色非常难看，看起来心都碎了。

我的心也碎了。塞尔不明白我为什么不再爱他了。除非艾玛破解我遇害的谜团，否则他永远都不会知道答案。

Two Truths and a Lie
谎言游戏3真相不止一个

Two Truths and a Lie

谎言游戏3真相不止一个

拜见梅塞夫妇

那天下午，艾玛坐在梅塞家的前廊上，翻看着罗伦精美的《她》杂志[1]。一股淡淡的柠檬味儿从邻居家的柠檬树上飘了过来，隔壁街上的冰激凌车响起一片叮当声。一个网球队员的妈妈带着一条金色的猎犬在那边慢跑，朝艾玛挥了挥手，就在这时，伊森将那辆破旧的本田车停到了路边。他熄了火，引擎发出刺耳的声音。

看到他下了车，艾玛的心像小鹿似的乱撞。伊森朝她挥了挥手，看上去有些紧张。就在这时，梅塞先生拿着一块沾有黑色油渍的白抹布从车库里出来了。他抬起头，显得有些惊讶，但他很快耸耸肩，冲艾玛淡淡地笑了笑。

伊森往前走上门前的台阶，注意到了梅塞先生：“我来这儿没事儿吧？”

---

① 即法国著名女性杂志《ELLE》。

“能有什么事儿。”艾玛回答道，“我今天吃早餐的时候就跟他们说了。”从现在起，他们不用躲躲藏藏了，不仅可以做朋友，而且可以光明正大地做男女朋友了。

梅塞先生的手机突然大声地响起来。他这会儿正假装专心地给摩托车涂上光蜡，但其实他留意着艾玛和伊森之间的交流。他看了看来电显示，突然沉下脸，大声骂了一句，随即进到车库里接电话去了。

“真是奇怪。”艾玛盯着车库说。

“也许是工作电话。”伊森勉强挤出一丝笑容，艾玛看得出他有些不舒服，“可能是急诊。”

汽车门关上后，引擎很快发动了。梅塞先生的奥迪倒入车道。艾玛挥了挥手，想跟他道别，但梅塞先生看都没看她一眼。车倒向街道后，梅塞先生拉长着脸，踩下油门儿。车转了个弯儿，见两个脚踩滑板的男生越靠越近，梅塞先生按下了喇叭。艾玛皱了皱眉头，也许是单位打来的紧急电话。

“提醒我，千万别让我得罪他。”伊森捋了捋自己那头黑发说。他坐在艾玛身边，昨天晚上因为人太多，太吵，他们载着罗伦回家时一句话也没说，艾玛现在才将整件事情一五一十地告诉他。听到艾玛解释塞尔不是杀害萨顿的凶手，伊森觉得不可思议。

“你先让我把这事儿理清楚了。”艾玛说完后，伊森试探性地说，“萨顿遇害那天晚上，有人用萨顿的车撞了塞尔？”

艾玛点点头：“肯定不是萨顿开车撞的他。是有人偷走了她的车，将车遗弃在了沙漠里。也许那人回来后把萨顿杀了。”

“可到底是谁干的呢？”

“我不知道。我倒想去问塞尔，但如果我去问他的话他肯定会怀疑我。”

这时，一阵风将风铃吹得叮当作响，听到声音后，伊森吓了一跳，艾玛乐了。“连这么小的风也怕啊？”她戏谑道。

“真好笑。”伊森说着望过草坪，“我是害怕杀害萨顿的凶手仍然逍遥法外。”他小声说。

“我知道。”艾玛说，尽管天气很热，她还是打了个哆嗦，“我也害怕。”

伊森皱了皱眉头：“如果不是塞尔，那又会是谁呢？所有的迹象都指向他，而且逻辑上也完全说得通。我仍然觉得他很危险。”

艾玛耸耸肩：“尽管他是个问题男生，但那件事情不是他干的。要是我说凶手肯定已经离开图森市了，我是不是太乐观了？自从上次舞会后，他再也没有联系过我。”

“也许吧。”伊森将脚踝搭在膝盖上，用眼角的余光瞟了一眼艾玛，“但我总觉得压根儿就没有这么好的事儿，不管凶手是谁，他肯定仍然逍遥法外。我一定要找出真正的凶手。”

“一定。”艾玛轻轻地说。她将头靠在伊森的肩膀上，伊森吻了吻她的脑门儿，艾玛歪着下巴，凑上去吻他的嘴，伊森揽着她的腰，将她拉近，迎合她的吻。他抚摸着艾玛遮在脸上的秀发，轻轻地吻着她，两人的唇完美地融合在了一起，那一刻，艾玛真想让时间停止。她从来没有过真正的男朋友，现在她终于有了一段真正的感情，有了男朋友，这是她做梦也没想到的。

一辆车驶进了车道，艾玛和伊森赶紧分开了。是那辆蓝色的宝马，车门开了，塞尔下了车。艾玛感觉她旁边的伊森身子有些僵硬。

“哦！”艾玛说，“呃……嘿……塞尔。”他来这里干什么？他早上不是说梅塞先生警告他，让他远离她们两姐妹的吗？

“不要管我，你们只管继续。”塞尔双臂抱在胸前，语气中明显带着几分讽刺。

他慢慢走过前院。尽管跛着脚，但他身上有种天生的自信：“你们俩是什么情况？”

“我们只是在这里约会。”艾玛笨嘴拙舌地回答道，也不知道该怎么说。

“我们？”塞尔用那双浅色的眼睛瞟了艾玛一眼。等艾玛回过头来，她发现伊森已经走下了前廊。他跌跌撞撞地走过车道，朝自己的车走去，那双运动鞋把碎石都踢飞了。

“伊森，”艾玛大声喊道，“你去哪儿？”

伊森并没有回答她，只顾大步往前走，好像如果走得慢了，他就跑不掉了似的。他慌乱地拿出钥匙，打开车门，钻了进去，踩下油门儿，扬长而去。

艾玛盯着消失的车的尾气。到底搞什么鬼？旁边的塞尔咂着嘴，发出啧啧的声音：“你和你的那帮朋友能不能别去捉弄这个可怜的家伙了？”

“你什么意思？”艾玛生气地问道。

塞尔举起双手，做投降状。“你用不着动怒，”他将一只脚踩在前廊上，小腿弯曲着，探身过来，“我也没跟你开玩笑，萨顿。你们当初就整得那个可怜的家伙没了奖学金，这会儿又假装跟他谈恋爱？”

艾玛盯着塞尔，想弄明白他这么说到底什么意思。慢慢地，她全明白了。塞尔以为她刚才吻伊森只是她和朋友们在用谎言游戏中的恶作剧捉弄伊森。艾玛正要解释她和伊森不是闹着玩儿的，又突然记起塞尔在停车场里痛苦的表情了，于是决定不在塞尔的伤口上撒盐了。

“对了，你来这儿干什么？”艾玛很快岔开话题，“我还以为你怕我爸呢。”

塞尔耸耸肩：“罗伦已经帮我说清楚了，我来这儿跟她约会来了——我跟她好久没联系了。”

他朝艾玛走近，在她旁边稍做停留，好像还有话要说。他现在离她如此之近，艾玛好像能闻到他身上松香肥皂和刚洗过的衣服的味道。他赤裸的双腿修长而强健，那双白色的足球鞋已经磨损，粘有厚厚的泥土，看上去像是刚从运动场上下来一般。他让艾玛想起了上学时那些遥不可及的运动明星，那些人跟她根本就不是同路人。

她很快回到了现实中。好吧，塞尔的确很帅，但伊森才是她的男朋友。

艾玛的后颈突然感到一阵刺痛，她转过身，确定有人在监视她。一股微风吹过一棵高大的垂柳，柳叶发出沙沙的声音。一群鸟突然惊起，叽叽地叫着。艾玛四下看了看，发现窗户旁边的那张脸了。是罗伦，她正在起居室里看着艾玛和塞尔。艾玛挥了一下手，但罗伦仍然目不转睛地看着她。她那浅色的眼睛像是发出一道冰冷的光，刺得艾玛的骨头一阵发麻。她目带凶光，像是要杀人。

看着罗伦那样盯着艾玛，我的脑中闪过最后的记忆：塞尔被撞倒后，我藏身于灌木丛中。当时我伤心欲绝，心中满是愧疚与恐惧，十分担心他的安危。接着，我看到两道目光射向我的眼睛。罗伦怒火中烧地看着我。她脸上的表情无疑是在怪我，她认为塞尔遭遇不测全是拜我所赐。我有一种奇怪的感觉，她不仅仅想恶狠狠地盯着我。我看着她的表情，总觉得她会冲进灌木丛，狠狠地教训我一顿，为塞尔出口恶气。

看她的眼神，我总觉得她会伤害我——她当时的眼神跟现在看艾玛的眼神并无二致。

过了一会儿，罗伦的脸从窗户边消失了。塞尔走进屋内去看她了。艾玛仍然留在前廊上，因为刚才的事情而心神不宁，她似乎不敢相信刚才看到的一幕。

但我忍不住去想。没错儿，我已经排除了罗伦杀人的嫌疑。八月三十一日那天，她整晚都待在妮莎家里参加狂欢派对。但我总觉得有什么不对劲儿的地方。要是罗伦在萨比诺峡谷救了塞尔，那就说明她没有整晚待在妮莎家里。要是妮莎弄错了或者撒谎了呢？要是罗伦偷偷溜出去了呢？

要是罗伦可以从妮莎家里偷偷溜走，她为什么不能从塞尔身边溜走呢？她也可以把塞尔放在医院，趁他做手术的时候来找我啊。她看上去像是丧失了理智。我毁掉了她深爱之人的生活，还霸占了她的男朋友，跟他幽会。她想要的东西全被我抢走了，而且总是如此。

我根本不愿意去想自己的亲妹妹会做出这样的事儿，但罗伦并非我的亲妹妹。我们虽然在同一片屋檐下长大，被同样的父母教导，但我们的差别很大。我是被收养的，她不是。我们从来都不曾忘记这样的事实。我的亲妹妹是艾玛。

艾玛也想尽快知道答案，因为我们都没有意识到杀害我的凶手可能近在咫尺——甚至跟我在同一片屋檐下。

致谢

一如既往，我要感谢合金娱乐公司的拉尼·戴维斯、萨拉·尚德勒、乔什·班克和莱斯·摩根斯坦，以及哈珀青少年图书出版公司的卡里·苏瑟兰和法林·雅克布斯——环境所致，这本书并不是那么容易写，但我们还是齐心协力，完成了这本书。我还要感谢克里斯汀·马朗通过网络以及别的渠道对本书进行推广，她堪称天才——没有她，我真的不知道该怎么办。我要感谢所有为《谎言游戏》剧集做出贡献的人，包括吉娜·吉罗拉摩、安德鲁·王、查克·普拉特，以及所有才华横溢的编剧、制片人和演职人员，特别是亚历山德拉·钱德，她将萨顿和艾玛演得惟妙惟肖。对于接下来的剧情将如何演变，我充满期待。

最重要的是，我要感谢卡蒂·赛斯，没有你，这本书根本不可能完成。万分感谢！

图书在版编目（CIP）数据

谎言游戏. 3，真相不止一个 /（美）谢泼德（Shepard，S.）著；刘勇军译.
—长沙：湖南文艺出版社，2013.9
书名原文：Two truths and a lie
ISBN 978-7-5404-6314-4

Ⅰ. ①谎… Ⅱ. ①谢… ②刘… Ⅲ. ①长篇小说－美国－现代 Ⅳ. ①I712.45

中国版本图书馆CIP数据核字（2013）第168391号

著作权合同登记号：图字18-2013-299

谎言游戏3：真相不止一个

作　　者：［美］萨拉·谢泼德
译　　者：刘勇军
出 版 人：刘清华
责任编辑：薛　健　刘诗哲
监　　制：蔡明菲　潘　良
策划编辑：马冬冬
特约编辑：谢晓梅
版权支持：王雅兰　文赛峰
封面设计：吕彦秋
版式设计：张丽娜
出版发行：湖南文艺出版社
（长沙市雨花区东二环一段 508 号　邮编：410014）
网　　址：www.hnwy.net
印　　刷：北京盛兰兄弟印刷装订有限公司
经　　销：新华书店
开　　本：880mm × 1230mm　1/32
字　　数：200千字
印　　张：8.5
版　　次：2013 年 9 月第 1 版
印　　次：2013 年 9 月第 1 次印刷
书　　号：978-7-5404-6314-4
定　　价：29.80元
（若有质量问题，请致电质量监督电话：010-84409925）